忽然天亮

席輝——著

推薦序一

誰看得盡一個水窪（代序）

——賀席輝短篇小說集出版

胡燕青

誰看得盡一個水窪
樓宇的反光磨損了落葉的鋒刃
天色，原是一種破譯地景的方法
男人跨過，孩子故意踹過，女人猶豫著
完整還是破碎，仍待夕輝來決定
邊界細碎，與路面的紋道彼此滲透
再換個角度：樹出現，白亮的雲也出現
大廈晃蕩，如少女的百褶裙

不遠處，路過的車子發出喜樂的滋滋的聲音
誰看得透，一個水窪，一個小小的
不怎麼圓滿的聚光的水窪
拒絕直線和曲解，幾乎是一面鏡子了
幾乎是一個打開的口袋在收納午後的日頭
向四面延伸又自我設限。誰看得清
這突然張開的明亮的水窪
情投意合地重置著人間的煙火
沒有聲音卻可以聆聽
沒有結局卻可以期待
誰看得見這深深的水窪
裡面有鳥能飛，有燈漸亮
有人拿著小學的成績表向母親揮動

有人成了孩子，也有人成了母親

二〇二二年十一月二十二日

胡燕青，香港基督徒寫作人、詩人及畫家。曾任香港浸會大學語文中心副教授，現已退休。

推薦序二

有人從書架上拿下她的小說集——席輝短小說的現在與未來

秀實

席輝的一卷小說，掛在電腦熒屏上。浪遊在這個城市裏，歇下來時，翻開讀著。像玻璃窗外的街景，有時會在慣常的風物裏出現意想不到的驚喜或錯愕。一個戴著面紗的婦人拖著豹紋陸龜在散步，一輛共用單車剩下骨架躺臥在花槽旁，磨刀小販背著他的箱子拖行著黃昏瘦長的身影……

雖說小說實驗性強，其文體有無限的可能。但小說的作者如何，小說的面貌也將如何，這是不變的法規。小說的述說是容許所有的突破，韓少功以詞典的方式寫下他的名著《馬橋詞典》，卡爾維諾的《看不見的城市》是五十五篇隨筆或散文詩。有的小說結局出人意表，如歐·亨利的，卻也有一開篇便把結局抖出，如加西亞馬爾克斯的《一樁事先張揚的殺人事件》。吳明益的《天橋上的魔術師》在述說了好幾個貌似各不相干的西門町故事，到最後一收攏，所有的金屬環又如魔術般連環相扣起來。然而，更多的小說家是老老實實在經營。年少輕狂，唸台灣大學時讀了瓊瑤的《幾度夕陽紅》，還特意在秋分前後騎著腳踏車到林森南路檢驗小說裏描寫的日落景象。郭良蕙的《心鎖》，赤裸地描述都市情慾男女的糾纏，那時剛讀了福斯特的《小說面面觀》，便運用「扁平人物」與「圓形人物」來加以論述，寫成了評論發表在香港《星島日報．星辰》上。所有優秀的小說，都在拓展我們存在的空間。

席輝這些短小說，顯示出作為一個都市人敏感而細膩的觸覺，在一個已然建制的城市裏，尋找出無數被人忽略的「意外」事件，加以鋪寫，這是極不尋常的。惟有具使命的小說家方能如此。短小說的篇幅有限，講故事的人往往顧此失彼，但這些作品卻都具有極其明顯的要旨，直奔主題，不蔓不枝。這便是作為一個訓練有素的寫手的功底。不少小說作品裏，我們都隱隱然見到作者的身影，如鬼魅般藏身於文字背後。席輝卻很少出場，她把發言權讓給「人物」（character），鮮見她走到幕前指指點點。然而正如愛倫．坡言，世上並無完美無缺的小說，席輝的小說創作，今後應如何下去。就小說創作的角度而言，我提出兩點，以供參考。

一　客體的描寫

情節如引擎，推動著小說的前進，環境或客體的描寫卻是潤滑油可讓情節的運行有其合理性與必然性。村上春樹最明白這點，他在小說情節的進行中，都不忘客觀的描寫。而這些描寫在一件事情發生裏，極為關鍵。那可以達致讓讀者置身現場的藝術果效，而非一個人坐在旁邊聆聽著別人說故事。一條有流浪貓的掘頭巷、天臺遊樂場上看到的火災現場、在山崗上俯瞰整個燈火的東京城……都給我留下極其深刻的印象，並為當中發生的事件感懷不已。

二　更高臺階的觀察

卡夫卡的短小說〈馬戲團頂層樓座上〉，寫於一九一七年二月。一九一九年在短篇小說集《一個鄉村醫生》中首次發表。全文約六〇〇字。分兩段。觀眾（一種大眾的角度）看到的是：「（團主）把這小女孩從顫抖著的馬背上扶下來，親吻她的雙頰，觀眾的歡呼聲再熱烈都嫌不夠，這時，她被他撐著，在塵土飛揚的場地上踮起腳尖，張開雙手，可愛的頭向後仰去，要同整個馬戲場內的人分享她的快樂。」而那個坐在馬戲團頂層樓座上的人，可以視作為作者卡夫卡的代言者，他看到的並不如此：「荏弱並且患有肺癆的馬術女演員騎在腳步不穩的馬上，在不知疲憊的觀眾面前，被冷酷的團主揮鞭驅趕著，經年累月不歇息地繞圈跑。」世相人人可見，那是購票入場的所有觀眾，千人一面。惟有真相我們有求於優秀的小說家，那是坐在頂層樓座上的卡夫卡，百人一朱。寫小說，在真相與世相兩端，我們力求向真相移近，而不糾纏於口耳相傳的世相。

席輝有的小說，經營極其用心。如六千字的〈圖書館裏的奇遇〉。主人翁輝任職圖書館管理員，在整理圖書時遇上了大師《蘇菲的世界》（作者是喬斯坦．賈德）的蘇菲和《當尼采哭泣》（作者是歐文．亞隆）的尼采，開展了一段奇幻之旅。構想極其精妙。小說既論人生，也談創作，亦情亦哲，妙筆生花。優秀的小說家，其厲害之處是：讓每個人都心甘情願被移送到小說文字的牢籠裏，成為一個恆久被囚禁的角色。很明顯，這個小說的構思是來自這兩本書。末處並寄託作者於創作上的追求：

我的雙眼最後停留在封面的文字上，我用緩慢而平靜的語調，將那些文字一個字一個字地讀出來：「圖書館裏的奇遇，作者：輝……」

席輝做到了。她的小說集要出版了。之後，我們會在圖書館看到有人從書架上拿下她的小說集，往櫃檯走去。

二〇二三年十一月十七日晚七時於將軍澳寶盈花園 FAIRWOOD

秀實，香港作家。曾任「香港小說學會」會長，現任「世界華文交流協會」學術顧問、香港圖書館小說創作坊導師。曾獲「全國微型小說大賽」等多個獎項。其微型小說入選《微型小說鑑賞辭典》《世界最動人的小小說》《花已盡——香港十人小說選》等多個選本。

推薦序三

席輝的豐收季，開始

徐振邦

席輝在微型小說的創作坊上，認真上課，亦會發表自己獨特的想法。讀到她的文章時，已知道她的語文基礎和文筆，描寫細膩，用詞準確，是進入文化之門的材料。

在創作坊學習告一段落後，席輝在雜誌期刊上，發表過不少佳作，稍後的迴響，也反映她的努力並沒有白費。

席輝的作品，帶著些微適當悲傷的情感，也許給讀者思緒一時解不開的感覺。

以為是她的多愁善感？

其實閱歷和創作，是可以跟隨作家的歲月變改的。長大，開拓視野，引領自己走向另一個世界。席輝一直在做自我成長調整。

席輝可以再豐富自己的閱歷，把作品推向另一個層面，是肯定的。

當席輝發心把自己的閃小說、微型小說和短篇小說，結集成書。這是她多年來努力的成果，我當然支持，這是第一個成果。

她的豐收季終於開始。

徐振邦，中學教師、微型小說作家、香港歷史文化研究者。為「香港閃小說學會」創辦人，積極在學界推廣香港歷史文化及微型小說。

推薦序四

每個女人心底都藏著一個小女孩

紫砂

第一次接觸席輝的作品，是她的詩。她的詩用字凝鍊、富意象美、善於以小見大，閱後讓人若有所思，恍如喝了一口剛沖泡的碧螺春般，思緒中淡淡地掠過一股清雅纖細的香氣。

這樣具有天賦和才情的詩人，寫起小說來，又會是一番怎樣的光景呢？——我就是抱著這樣的疑問，翻開了席輝最新的小說集。

閱畢，我不禁撫掌而笑，果然，每個女人心底都藏著一個小女孩！

如果我向來寫的是那些年可望不可即的、曾交錯卻擦身而過的、還未被世俗污染的少年愛情；那麼，席輝寫的就是一個單純的小女孩用抽離的目光記錄下她對這個世界的觀察，以及對生命的思考。

有時候我們會忘了，每個女人在長大前，都曾經是一個小女孩。

當成年人已經習慣從自身的角度出發去思考和處理事情的時候，席輝的故事卻用一個小女孩般單純的目光另闢蹊徑，從非一般的角度描述事情的另一面，讓人驚覺自以為的「成熟」不過是「偏見」的遮羞布，喚醒了少年那顆熾熱的初心——想再一次毫無保留地去擁抱這世界。

世界以痛吻我，我們報之以歌。

紫砂，香港作家。為六屆「中學生我最喜愛作家」阿濃之首徒。香港大學文學院畢業，現任中文老師。著作《一瞬煙火》數次登上香港誠品暢銷榜，一度榮獲「青少年圖書」類別第一名。

推薦序五

在緩緩的靜流，豈可不投入一個深邃的漩渦

草川

若說時代和文化是一條靜靜的川流和一個個漩渦，那麼，和以前的年代不同，以前是文化以石頭的重量，一投擲，就造成若干個在川流裏的漩渦。今時今日的文化是激流也是漩渦，很多文化人說無法適應這種變化，因為看不到一個轉身轉瞬的過程。

很多類型和多路向的藝術，似乎要變就變，不像五十年代的現代主義，起先以一個多元化的雛型，繼而仿如波浪，席捲整個歐洲和亞洲。

近十年的文化藝術，不管是在香港或台灣，甚至是整個大陸，很難詮釋現在是哪一種哲學和主義之風，瀰漫整個亞洲的文化區域。

不論是小說和現代詩，以及文化藝術的表現，更不容易讓讀者觀眾，探討

作者的內心世界，如果說現代主義和存在主義，是展示現代人內心的荒原地帶。

今天更進一步，今時世人的內心已不是荒原，幾十年的種植，科技物質的緣起，豐富了更廣泛的創作方向。

席輝的小說可以作為一個悅目的範本，她沒有讓讀者看著她，怎樣表現一個進步過程，產生有份量的作品。

她的小說有特別的元素和手法，異於早年的作家，不必有植根到萌芽，到迅即成為大樹的畫面。

可以說她的每一個短篇，都是一頁頁不同空間的顯現亦無不可，有些片段很可愛，似乎難明難解，但讀時澎拜，讀後感慨而溫馨，畫面雖深邃，但絕不黯暗，也不是蓄意地，把讀者帶入鬱悶的時空，寂寞也不過是一些，在人性深層處的風情畫而已，這是整本小說最獨特的風格。

若然那些年是一個可以合併的內心世界，可以成為現代主義的大潮流。

但今日大不同了，是一幅幅獨立的畫作，難明複雜而並不突兀，也許正是現今小說作家，需要更深入探討的表現手法。

草川，香港著名現代詩人。

自序

忽然，天亮

席輝

在過去，我身處一場長長的黑暗的夢中。這個長長有多長？至少歷經四十個春秋。太久了，一朝醒來，方覺遺憾太多。那些日子累積的傷，動一動便會很痛。是維持原狀一齊腐爛，還是帶傷爬行……

二〇一八年，我找到「文學」這支筆，開始寫下我的所見所聞所歷所思……我用心寫每一個字。可以說，我筆下的每一個故事都是真實的，即使事件有虛構成份，但我寫作時投入的全副身心，無半分虛假。曾經有讀者說，看了我的作品她眼眶濕了。事實上，如果看的人哭一次，我已經哭過無數次。

每個人都會有被孤獨、恐懼包圍的時刻。我知道這個世界上一定還有人和我一樣。我希望我的文字可以找到他們，讓他們知道，我們孤獨但並不孤立。

請不要絕望。

不絕望，才能絕處逢生。就像某日黃昏[註一]——「叮！」正昏昏沉沉的我，被手機鈴聲喚醒。

——天，忽然亮了！

二〇二二年十一月十七日
席輝序於香港

註一：那日黃昏正是我為這本小説集定名的日子。

目次

微小說

短篇小說

閃小說

落葉歸根

父子倆並肩而行。

父親發現身邊的兒子走得越來越慢，他不得不停下——原來，兒子在看清潔工清掃落葉。

兩名清潔工，正用掃帚將樹上掉落的葉子集中起來堆向路邊——街道兩邊，每隔一段距離就有一個落葉堆。

「他們在做什麼？」兒子問。

「哦，他們在打掃，維持街道清潔。」

男孩一動不動——顯然他仍有困惑。

「他們在做什麼？」

不久，男孩再問同樣問題。

父親則以相同答案告知。

這時，一名清潔工點燃其中一堆落葉——乾燥的樹葉迅速燃燒、紅紅的火苗竄向半空。

「他們、他們這是在做什麼？」男孩一臉驚愕。

父親開始有點不耐煩：「落葉太多，堆成一堆燒掉，既節省空間也節省人力……」

「可是，」男孩遲遲疑疑、眼睛閃閃發亮——他的雙眼已濕潤——「可是這樣做，落葉怎麼擁抱它們的母親呢？」

「嗯？」

「書上不是說，葉子落下後重新投入母親懷抱，提供養分回報母親；大樹母親有了充足營養，會繼續生長葉子……可是，可是現在，」男孩情緒激動，「爸爸您看，現在，樹根全被水泥封住，葉子落下時多疼啊？而且，它們再也不能擁抱它們的母親，提供不了養分……」

看著因為哭泣而全身顫慄的男孩，父親怔住。眼前這些情景，平常看來再普通不過，現在？父親陷入沉思——兒子提出的問題，此刻就像樹葉堆釋放出的熾熱——牢牢將他包圍。

危機

他起床走到客廳，一不小心絆了一跤。憤怒令他睡意全消，彎腰拾起絆倒他的罪魁禍首，竟是小兒子的玩具車。

正刷牙。「早晨老豆！註一」——大兒子從身後一拍，他驚慌之下，力一偏，捅到牙齦出血。

坐在餐桌前看新聞：計程車失控鏟上行人路；變種病毒繼續在全市傳播；湯加火山，影響全球天氣……他氣急一揚手，誰知剛好撞到老婆端來的大碗，滿滿熱熱的豆漿潑在他手上——「啊！——」他和老婆倆同時尖叫。老婆手一鬆，濺出的豆漿又再殃及小兒子。

他在巴士站剛站穩，要搭的車正好駛來——心裡一樂，今天比較順啊。就在他低頭再抬起的功夫，巴士竟從他面前開過。「唉！唉！——」車沒停，只留下又熱又臭的尾氣。

踩著點來到公司大堂。剛走了一架電梯，他悻悻地排隊等待。第二架到了，輪到他，卻超出限搭人數，無奈只能繼續等。

終於坐進辦公椅，他貼著椅背透氣。

「啪！」厚厚一疊文件落在他桌面——「這？」

主任搖搖頭：「採訪組去的地方封城，整個組被隔離。唉！這新聞不等人啊。」

「那，怎麼辦？」

「還能怎樣，發揮一下小宇宙吧！」

他面露難色。

「哎，有件事你聽說了嗎？」

「什麼事？」

主任貼近些，「炒人。」

「啊？！」

「這疫情鬧的，不景氣啊！」主任用眼掃了掃桌面。

他會意——整個人沉在椅子裡，額頭冒著汗。

電話鈴響，他接起，「老公，你怎麼又忘記交租？不是提醒你每月五號……燙傷部位起水泡被他抓破，正看醫生……大兒子出國交流名額有，不過要先交六萬元……下個月林伯壽宴……」

註一：粵語，意指：早上好，爸爸！

巧遇

「媽，我下飛機了，先去辦點事。」

「好，你先忙。」

她坐上計程車，斜靠在椅背上望向窗外。

家鄉變化很大：高樓林立，道路交錯，車流不息……她有多久沒好好看過這座城市？每次回來都是匆匆而過，原本熟悉的地方竟變得越來越陌生。

「那是？」——車子經過美術館。她記起來了，那兒原本是間學校，她曾在那裡度過小學六年時光。校門左邊有棵大樹，夏天常常有一架木製雪糕車停在樹下。

放學時，一隻隻小手高舉，嘴裡嚷道：「我要紅豆的！」、「我要牛奶味！」

她攤開手心，將幾張皺巴巴的紙幣數了又數——不夠。她悄悄嚥下口水，低頭加快腳步。

「小輝！」

「媽？！」

母親笑盈盈向她走來：「真巧，我正好路過……想不想吃雪糕？」

再往前有個池塘。有一年連下幾天大雨，池塘裡的水竟漫過街道。

那天，她站在水窪邊，左右為難。

「小輝！」

她抬頭望去——「媽？」

「我剛下夜班。」

「皮鞋不能泡水。來，我背你。」

母親將她一直背到學校門口才放下。

一天晚上，她從同學家裡回來。當她走到離家不遠處一段綠化帶時，她看著月下搖晃的樹影，突然害怕起來，硬著頭皮向前走了幾步，又退後……

「小輝——」

真巧啊，她竟遇到外出歸來的母親。

往事一樁樁在她腦中浮現：雪糕，一顆從忐忑到安放的心，母親寬厚的肩膀……

車速開始減慢。在下一個路口，車子改變了前進的方向。

「噯？這麼巧？」
「是啊，真巧。」
她想像著即將和母親見面的情景，不由得笑了起來。

遺囑

「此刻，賈氏五兄妹就在我的面前，這情景真是難得一見。如果賈先生還在的話……」想到這裡，我調整了一下思緒，向他們點頭示意：「既然全部人都到齊了，我現在就開始宣讀賈先生的遺囑。」

五兄妹立即坐直身子，瞪大雙眼，豎起兩耳。

「……除此之外，我的房子及現金一百萬留給我最忠實的朋友TJ107……」

「什麼？」

「怎麼會這樣？」

「不可能，絕對不可能。TJ，只不過是一部機器！」

對賈先生兒女們的反應，我並不感到奇怪。在我首次知道遺囑內容時，我的臉上也是掛著這副表情。

當時，賈先生對我說出一番話來：「我知道TJ是機械人，可又有什麼問題呢？我需要有人陪伴時，身旁只有TJ。大女兒見我吃東西弄髒衣領，會皺眉；跟大兒子通電話超過一分鐘，就會被要求掛斷電話；叫小女兒陪我吃晚餐，她總說，那會耗掉她至少四個小時，讓她無法去會所健身……只有TJ，才不會這樣。」

我宣讀完遺囑內容，走出會議室。

「律師先生，請等一下。」賈先生的二兒子走上前來，繼續說道：「父親的決定的確令我有點意外，但我還是能理解的。不過，有件事我想說明一下。父親的機械人是我訂購的，單據上仍寫著我的名字，所以……」

我恍然大悟，回應道：「是的，這件事我是需要向你說明一下，你還記得，你父親曾因機械人故障，而聯繫過你嗎？」

「嗯——的確是有這麼一回事。」

「由於你沒時間處理，那部機械人只能報廢，而這部 TJ107 機械人，是你父親以自己的名義訂購的。」我隨即翻開文件，展示了 TJ107 的單據。

大師

秀山鎮位於秀山東南，人口不多，民風淳樸。

秀山地理位置獨特，山頂長年積雪，山腳卻四季如春。位於半山的秀山湖，為山頂積雪消融而成，水質清澄。在陽光照射下，湖水呈碧綠、碧藍、碧黃幾種顏色，異常美麗。湖中所產之魚，肉質鮮甜。

秀山頂有一座廟，廟裡住著一位大師。據老一輩回憶，秀山鎮舊時常有天災，自大師在山頂住下，小鎮再無事發生。

隨著各地旅業蓬勃發展，小鎮也不甘落後——一座座客棧建了起來；一條條步行街也陸續開通。

「擴建寺廟，興建禪院。」鎮領導們盤算著。

「不可！」只有大師一人提出反對。

工程如期進行。

不知是受擴建工程影響，還是每日客流太多——山頂的雪開始融化。

眼見著秀山湖水位上升，有人乾脆抽了湖水去賣。以雪山水純淨無污染為噱頭，竟也賣得不錯。

只在白天才會響起的木魚聲，開始徹夜不停。

正當人們打算制止大師夜晚敲擊木魚時，木魚聲卻戛然而止——連續幾日再無半點聲響。

有好事者上山查看，才知大師已不知所蹤。

某日，有捕魚者發現一人騎於魚背之上；又一日，抽水工發現一人漂於湖面……

眾人一致認定，那人就是失蹤的大師。

「大師溺死湖中」這個傳聞，傳遍秀山鎮。

人們不再喝湖水，不再食用湖中之魚，甚至不敢接近湖和山頂。

旅業因此受阻，擴建工程也紛紛停滯。投資方唯恐血本無歸，及早撤資，另尋它處。

有人說這是大師在報復，卻連累了小鎮發展；也有人說這是大師在保護著小鎮和鎮民。

接班人

「雪，畢業去哪？」

「嗯——北京或深圳吧。」

「林健呢？他可是林家的接班人！」

「什麼接班人？」

「去，別聽他瞎說。」

「我怎麼瞎說了！」

雪眼見幾個同學在她面前表情古怪，忍不住去找了林健當面對質。

「你要回去種田？」

「不，不是。」

「哇！家族生意？總裁呀？」雪半開玩笑掩嘴直樂。

「我有點事，先走了。」林健說完頭也不回地走了。

雪想不通。當初明明說好一起去闖番天地。青春只有一次，誰不想轟轟烈烈恣意揮灑？

第二天，林健的手機沒人接，她奔去宿舍，結果得到：「林健爸出車禍，昨晚林健已坐車回鄉。」的消息。

「不行，我得去看看。」出了這種事他一定很難過，也許需要她在身邊。

林健家所在的鄉非常偏僻，幾十公里內沒有公車。幸好有輛三輪車載了她來，否則真不知如何是好。

車夫和林家相識。莊稼人實在，一路上，雪對林家的情況已瞭解到八九分。她的心就像三輪下的道路，一路顛簸起伏。

當她的雙腳站在黃泥地上時，一個主意打定了。

「——不能這樣出殯。」

「林伯末了[註二]這樣，咱們可過意不去。」

「可惜咱村沒第二個⋯⋯」

村民在議論著。雪道明來意，一人引她入內。

看著林健的背影，雪一陣心疼。

「你、你怎麼來了？」

「你到底要瞞多久？」

雪卷起袖子，走上前。林健見狀：「你要做什麼？」

「和你一樣。他老人家不容易，我們要好好送他這一程。」

林健的父親是這一帶唯一一位入殮師。林父希望兒子可以回鄉接他的班，繼續服務鄉民。在父親和雪之間，林健一直糾結著。

「雪，你不介意？」

「做有意義的事，值得。」

註二：末了，指「最後」，是內地的地方方言。

旅行

今天的商務艙內只有我和一位老伯。路上，我和老伯兩人閒聊了幾句。

原來，老伯是和女兒一起去旅行的。

老伯：「閨女一直想帶我出去看看，去年這個時候她就安排好了。後來出了點意外就一直拖著。今天就想著把這趟旅行給補上……」

「我覺得商務艙太貴，可閨女說，第一次出遠門一定要讓我享受最好的……」

老伯臉上滿是喜悅和自豪。

我不禁點頭讚許，心想：那個給父親買商務艙，自己卻坐經濟艙的姑娘真是個難得的孝女。

飛機降落了。老伯手裡抱著一個小包，取行李時很不方便，我走去幫忙：「老伯，您怎麼不叫女兒過來幫你拿？」

老伯，愣了一下，眼中的光彩瞬間消失，神情也變得呆滯，只是，他將懷裡的小包抓得更緊。

「那場意外……」

接班人

「總裁先生，您已被解雇。請帶上您的私人物品立即離開公司。」

面對突然出現在自己辦公室內的機械人保安[註三]，總裁大驚：「你在胡說些什麼！」

「根據公司最新規定，您已不再適合擔任此職務。」

總裁反抗無用，最終在機械人保安的押送下走出大樓。

他在樓下徘徊，卻見到越來越多的人從樓內走出……

「誰能告訴我到底出了什麼事？」總裁怒氣沖沖。

半晌，人事部經理走了過來：「總裁，我想它們這是在執行您的接班人計劃。」

「……接班人？」總裁困惑了。

「根據公司用人慣例，我將您擬定的接班人條件輸入系統進行匹配：

不叫苦不叫累、

隨時隨地投入工作、

無以倫比的學習力、

堅定的執行力、

忠實可靠的服從性、

只講付出不求回報、

可替代性……

系統匹配結果：機械人遠比人類更符合條件，所以……」

註三：保安，即保全。保安，是香港和內地的用法。

最後一班崗

「這幾年你的表現大家都有目共睹。好好幹，爭取站好最後一班崗。」聽到駐地總經理的這番話，李先生連聲道謝，雙眼噙著淚水。

六年前，李先生被總公司派往異地分部。三年又三年。從孩子未出生，到如今已上小學。六年的日日夜夜，李先生無時無刻不在思念家人。

最近總公司傳來消息，因有一位負責人即將退休，公司將從外派骨幹中挑選出一名接班人。而這批外派人員當中，論資質、論經驗，當數李先生和王先生兩人最具優勢。今天總經理的專門約見，再加之一句「站好最後一班崗。」李先生頓覺精神大振，接下來每日他都幹勁十足，爭取用優異的表現站好這最後一班崗。

「這麼賣命幹什麼，穩穩地，不出差錯就好。」王先生繼續著自己少做少錯的原則。

李先生笑笑，想著當日領導的話語，他暗下決心：怎麼也不能辜負領導的信任。

數月後，總公司的通知下達：為了公司未來發展的需要及本著知人善用原則，經研究決定，王先生將調回總公司接任行政部總經理一職。李先生由於在駐地表現突出，將繼續留任。

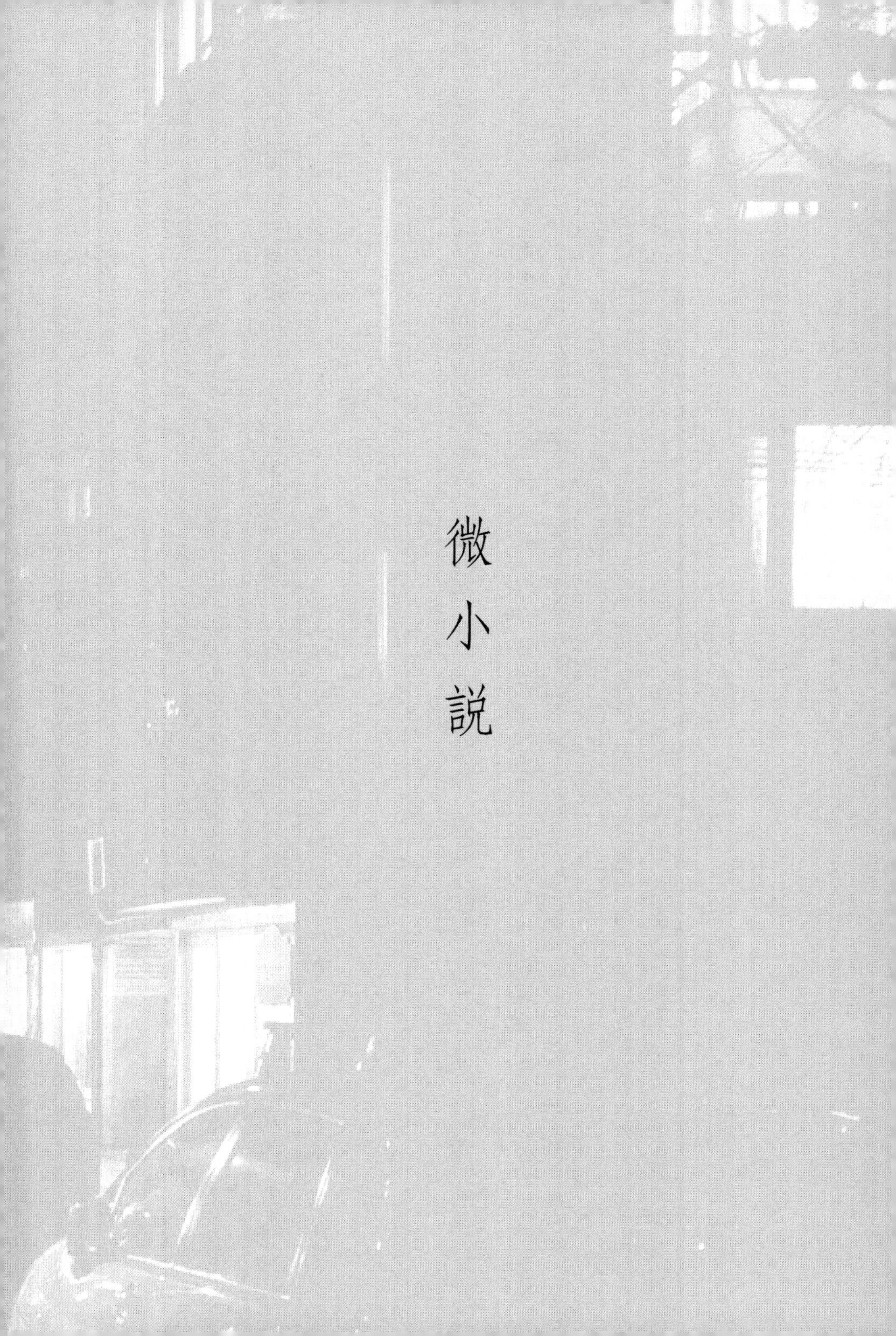

微小說

獎

三歲，我因抱不動爸爸，大哭。爸爸卻說我勇於挑戰，獎我「舉高高」——他將我高高舉過他的頭頂。我即刻止住哭聲，破涕為笑。媽媽也在一旁拍掌歡笑。

七歲，我抬起爸爸的一條腿。爸爸獎我「開飛機」——他的兩隻大手夾住我腋下，稍一用力就把我整個人懸空托起，然後轉起圈來。隨著圈速越來越快，我的身體就像一架騰空而起的飛機。我興奮莫名，配合著模仿飛機起飛的聲音。媽媽笑著囑咐「慢點兒，再慢點兒……」

二〇二〇年，一場冠狀病毒疫情打破平靜。停工、停課之時，爸爸成了一名自願者——接送醫護人員上下班。可是爸爸您，不久後也染上疾病。

那天，救護車來接爸爸。平日裡那強壯健碩的人，竟虛弱的連車都上不去。

媽媽從上面拽，我跪在地上用頭頂，費勁氣力才將您送上車。我支撐在地上的雙拳硬生生被磨出血。當您看到我的臉上混著血和淚，心疼地說：「好好鍛煉身體，到時背爸爸回家……」

不久，媽媽也被送去隔離。家裡只剩下我一人。

分開的日子，我每天都會重複做兩件事——深呼吸和鍛煉。每當想念爸媽時，我就一遍遍地練習深呼吸，試圖忍住不斷掉落的眼淚；想到有朝一日要接爸媽回家，我就拚命鍛煉身體。

十歲生日那天，我們一家總算要團聚了。雖說早已過了立夏，天氣卻依舊寒冷。漫天瓢潑大雨將我們仨全都淋濕……一進家門，我便緊緊摟著你們：「爸爸、媽媽，今天我把你倆一起抱回了家。這一次，你們獎我什麼？」

從殯儀館領回的兩隻木盒，此刻，濕噠噠地滴著水，靜靜望著我，不說話。

口罩

他和她在藥房相識。

最後一盒口罩，兩隻手幾乎同時去拿——整盒口罩跌落。他倆協商各買半盒。

又一次，在地鐵站。隔著那麼多人，雖然戴著口罩，他還是從那對秋波似的眼睛和細細溫柔的聲線，認出她來。之後，他倆開始約會。

她是個極注重衛生的女生。酒精隨身帶，也從不摘下口罩。口罩緊缺時，她上網學習自製布口罩——有時是格子，有時是碎花。她甚至還在上面繡上卡通圖案。說話間，口罩一呼一吸，彷佛那圖案活了起來。

他暗想：她真是聰明又可愛呢。

她也送了他兩個，細心向他交代用法。他享受她的體貼關照。摸著那細密的針腳，他想像在撫摸她滑滑涼涼的纖手；有時是輕輕觸摸她柔軟的秀髮——他暗自陶醉。

「疫情早日過去就好了！」看著新聞報導，他總是這樣說。他想和她更進一步發展。他迫不及待要帶她去見家人和朋友——「朋友肯定羨慕我；家人一定喜歡她。她確實是個好女孩。」——他抑制著、等待著。

終於，政府解除禁令。各行恢復，日子重步正軌。他摘下口罩，深深吸了一口氣。

「明天見面慶祝一下吧！」

「好。」

終於可以和他的女神來一次真正的約會。掛掉電話後他倒在床上，想像明天見面的情景，不由笑出聲來。

鏡子裡，那豬肝色起伏的一片由鼻子下方開始覆蓋住小半張臉，與白淨處相比格外刺目。她伸出手，撫摸細滑的一邊——「如果，如果另一邊也這樣多好。」

「明天，要這個樣子去嗎？還是？」——她望向桌上透明包裝裡的口罩。

她聽到太多嘲笑；她看過太多異樣表情。即使長髮遮臉，她仍低頭盯著腳尖走路；和人交談，她總拉開距離，側著臉。幾月前疫情到來之初，她先是驚恐，可後來，她發現口罩給她帶來變化——她變得從容自信起來。她驚喜著，甚至希望日子就這樣下去……她害怕這個想法卻又為之深深著迷。

「他是個好男生……」她愛上了他——「可是……他愛上的會是哪一個呢？」

「明天……明天到底以何面貌相見才好？」

鞋

當他走進畫展最後一間展廳，他面對著偌大的空間，整個人僵在那裡——三面牆壁空蕩蕩的，只有正面掛著畫——一副上面只畫著一雙鞋的畫。

那是一雙棕色的短筒皮靴。皮色已不新，甚至略嫌殘舊；鞋頭磨得發白，鞋身也有多處劃痕……一定是相伴走過不少路途，如今飽經滄桑、體力耗盡——此時此刻它們正挨著彼此休息。

鞋帶，鬆散著交錯盤桓。前端並沒有打結，四根帶子像是兩雙手自然而疲累地搭在對方身上。

鞋舌軟軟地耷拉下來，越發顯得鞋面似張著的兩張大口，正向外吐著粗氣。

他緊緊抓住帽子。由於太過用力，雙手不住顫抖——那是他的鞋——此刻正穿在他的腳上的鞋。這雙鞋跟著他幾乎走遍整個地球。可以說，他和它早已融為一體，就像畫上的兩隻鞋。鞋帶……

「為什麼不綁好鞋帶？」

「方便。」

「……是隨時穿上就走？」

「對，差不多是這樣子。」

「唔……」

他記得他和她曾有過這樣的對話。

他是什麼時候、在哪裡遇到她的？又是已離開多久？——他蹙緊眉頭努力回想。

她道：「才不要做鞋。要做也是他做。我是鞋帶，緊緊纏著他，一生一世不分離……」「唉！」閨蜜無奈搖頭：「只怕你這樣想，終究是會失望的。」

一語成讖。她就這麼人單影只地晃著，一年又一年，只有畫紙顏料為伴——直到他出現——這些都是她告訴他的。

他和她，共同經歷過一段快樂時光，然後，又再各自回到自己的軌道。

「你是鞋，只有不停行走生命才有意義。」她幽幽地望著他：「有一天，如果你想停下，記得回來這城。」

「回來這城……」——言猶在耳，可時光如水，記憶長卷在它一次次地沖刷下，已變得斑駁、模糊。因為看不清，一切，愈發顯得不確定了。

他低頭看向雙腳，然後將帽子夾在腋下、彎下身子，半跪著，以一種近乎虔誠的姿勢仔細檢查鞋帶，直到確認兩隻鞋的鞋帶確實都綁得好好的才站起身。

「你來了。」——是她的聲音——語氣溫暖平靜，像是他和她是事先約好，所以一點也不意外。

他看過去——這情景，如同突然將遠景拉到了近前，真切的令他有些不適。待確定是她，那些和她有關的過往瞬間將他包圍——想開口，喉嚨已哽咽。

看到他的窘態，她沖他一笑，把頭偏向畫，「《鞋》——送你的。」

「嗯！」他用力點頭回應她。

「咦？怎麼這鞋——」她驚訝地指著他的腳。

他明白她的意思，笑道：「原來綁了鞋帶，鞋，才更合腳；而腳，才更有安全感。」

聞言，她低下頭。隔了好一會兒，她抬起頭來看他——兩頰紅豔，一雙眼燦若星光。

他和她，在畫前緊緊相偎的身影，正如畫上的鞋。

不知過了多久。直到耳旁傳來即將閉館的提示他才緩緩睜開雙眼。

走到館外。他回過身望向入口——入口左側牆身上有塊長方形燈牌，寫著：紀念著名畫家愛琳逝世一周年作品展

閉館時間到。燈牌裡的光猛然一閃，只一瞬，便暗下去。

他站立原地，長久地靜默著——時間在這裡停滯了，就連空中突然飄落的雨也不曾驚擾到他。

雨，越下越大。街燈下，地面早已濕成一片。

藥

她正在翻查資料。

一片羽毛緩緩飄落窗臺。羽毛上站著一個身穿綠披風，頭髮金黃，手執佩劍的小王子[註四]。

小王子靜靜地看了一會。他走下羽毛靠近一些，「你好，請你告訴我你在做什麼？」

這突來的聲響讓她失手打翻了杯子，小王子忙伸出佩劍將杯子托住。

「謝謝！」——她快速看了小王子一眼，可她似乎對眼前所見並未感到驚訝，

「我正在研製一種藥。」

「藥？」

「對，藥。」

「哦，我知道了。」小王子恍然大悟，「你們這個星球正受到一種不明病毒的侵襲，我聽到好多人在禱告。」

「嗯，我也有禱告。」她點點頭，「可那樣做還不夠。人類的事情，還是需要人類自己來解決。在神旨降臨前，我們自己要先為彼此做點什麼。」

「哦？」小王子看著她的臉——她和他見過的人不太一樣，「也許，這正是我要找的朋友。」他默默地想。

她埋首做著實驗，神態極認真。

回想一路上看到的情景，小王子忍不住又問：「你真的認為這樣做有用？可我看到不少人類自己放棄自己的生命；還有更多的人在虛耗生命；那些受了感染的人，繼續感染同類……」

她停下來，似乎在思考他的話。她的眼中有一絲光在游移，有時，那絲光微弱到令人擔心它會瞬間熄滅。

小王子後悔了，「抱歉，我並不想讓你難過……」

她搖搖頭：「不、不用抱歉，你說的沒錯。我們病了，是所有人都病了。」

「所有人？」

她苦笑著：「對，所有人。這個病毒其實是一個警示，和之前的病毒一樣。所以，」她凝視著小王子，眼中的光此時如火般在燃燒，「所以，我在研製的這種藥，是用來醫人心的。」

「醫心？」

「嗯！」她堅定地點點頭。

小王子陷入沉默。片刻，他若有所思：「人類的行為，只是他們內心病變的外在表現而已，我懂了。」他想起自己的玫瑰，「就像我所在星球的那朵玫瑰，它那樣操控我，也許正是因為它的心出了問題……或許，我給它的關愛還不足夠令它有安全感。嗯，我明白了。」他自言自語。

窗外一陣風吹來，小王子冷得抖動一下身體。那片羽毛飛了起來，圍在他的脖子上，他立刻感受到一陣暖意。

可是小王子的內心仍有些擔憂，「你有沒有想過自己會失敗。也許，根本就沒有這種藥……人心如此複雜，要怎樣的藥才能醫治？」

她的臉紅紅的，雙眼噙著淚水，「我知道這很難。但有些事，始終要有人去做，哪怕最後仍是會失敗。至少讓人們知道，他們病了，而有人在關注這件事，並為之在努力。就算只能緩解一下他們的症狀，也是值得的。」

小王子的內心有了變化，他感受到羽毛為他帶來的那絲暖意正經由他的脖子向全身漫延……他看到自己在為玫瑰澆水，陽光從背後擁抱著他。他開心地笑了。

「這真是個奇妙的相遇，我要告訴她我所知道的。」

晨曦穿過窗子爬上她的案頭，她直起彎了許久早已酸痛的腰。突然間她想起什麼，開始在腦中搜尋線索，她向窗臺望去——咦？沒有小王子，難道是場夢？她狐疑地走向窗子，一團光在跳動——那是一片潔白的羽毛，在陽光下閃著耀眼的光芒。

羽毛上用金色的筆跡寫道：「我親愛的地球朋友，我曾去過一個星球，那個星球把你這樣的人稱為——藥。藥，本身也會有副作用，所以，當你感覺疲累或身處黑暗中時，請記得抬起頭。不要忘記，有人正在某顆星中為你祈福。你最忠誠的朋友——小王子」

鬧鐘響起。她皺了皺眉，微微扭動一下身體——現在她確信自己仍躺在床上。她轉動一下眼球，並沒有立即睜開雙眼；她回想剛才發生在夢中的一幕……

鐘，第二次響起時，她麻利地起身、洗漱。將一片麵包塞進嘴裡，坐下、開機——螢幕由黑轉白。她打開一個文檔，敲擊——「藥」。

註四：小王子，源自《小王子》一書，著者：安東尼・聖修伯裡。

說故事的人

「可以談談您為什麼愛說故事嗎？」

虹，以極崇敬的目光望著面前的故事大王——她，幾十年來堅持寫故事，義務到孤兒院、醫院，給孩子們說故事。「故事大王」，是那些聽過她故事的孩子送給她的封號。

虹是在中學時代讀到故事大王的事蹟。她至今記得自己當時激動的樣子。從那天起，虹一心想見故事大王本人。

她——故事大王，五十多歲，蓄著微捲的短髮；身著湛藍連衣裙；頸上繫著一條色彩鮮豔的絲巾——整個人散發出優雅而溫暖的氣息。

「我怕黑。」她稍稍調整一下坐姿，看向面前的虹。

「哦？」

「是，我怕黑。一到夜晚我就擔心自己活不到第二天。」她揚起頭，遞給虹一個爽朗的笑臉。

虹也笑，心底，卻觸動了什麼。

「——父母不在身邊，我一個人……不過，我很會做夢。這些夢支撐著我……每晚，我躺在床上回想做過的夢，在心裡問它們今晚會不會來。接下來會怎樣。」

「這樣做，時間過得很快，常常是想著想著就睡著了。」

兩人相視一笑。

「有時，我編些故事說給自己聽，等待夢的來臨……」

聽著她的話，虹的眼前出現一間水泥小屋——它，整個籠罩在夜色中。

母親不在。屋內只有虹和父親。虹，睡在房間一角的單人床上；父親則在房間另一角。

小屋內，刺鼻的酒精和起伏的呼嚕，令虹毫無睡意。

越夜，她越怕。她控制不了自己的雙眼，它們是如此驚慌，片刻不停四圍打轉——那些月光照不到的地方，似乎隱藏著什麼……

她用被子蒙住自己的頭——透不過氣來，很難受……好幾次她瀕臨死亡邊緣——她陷入窒息中——意識清醒、大瞪雙眼，卻動彈不得，也喊不出聲……她掙扎著努力搖晃自己：腳趾、小腿、腰背、手臂……一點一點，終於在最後一刻，她喘著大氣醒來……然後，再如此反覆——這情形，每晚出現，從無失約。

「如果那時我也能說故事給自己聽就好了……」，虹懊惱為什麼不會安慰自己。

她曾想告訴父親夜晚的事。可惜父親不是工作，就是出去打牌。好不容易待到坐在一起吃飯——「幾杯下肚，你是萬萬不能和他說什麼的。」她記得母親的話。一雙眼，巴巴地望向父親，又低下，繼續扒著飯碗。

「媽媽、媽媽！」——虹記得有一晚她追到巷口。推著自行車的母親，回頭看了她一眼，騎上車……那背影如同細微的燭火，顫悠悠的，最後也完全熄滅。

虹，呆立原地，眼睜睜看著吹熄燭火的大口，越逼越近、越逼越近——將自己生吞下去。

她哭著醒來。後來她明白，那不僅僅是一個夢——母親，真的離開他們。離開，是母親結束煎熬的方式，可是虹？

「如果，當初有人說故事給我聽多好。」虹在心底說。

「謝謝您為孩子們做的。」虹由衷感謝。

「你也做得好。為孩子辦報，你才是孩子的福氣。」

虹笑了。當年，自己雖已是中學生，卻到處尋找故事大王的故事來讀，那些故事，就像一支支燃亮的蠟燭，在黑漆漆的屋子裡發光。虹的故事報，正是點點燭光的延續。

她倆用故事，編織出一張碩大而堅實的網，網住一個個向黑暗墜落的孩子，將他們送達光明之地。

「多謝您接受採訪。」

「我的榮幸。」

她倆舉杯。要將這些故事繼續傳遞下去——不用說出口，惺惺相惜之人，彼此眼神交會即明白對方心意。

窗外，風，搖動樹枝。樹枝劃著窗戶玻璃——「咯吱，咯吱吱——」

她，拉長被子將自己緊緊包裹，只留剩一雙眼睛驚恐向外察看。最後，整個人鑽進被窩，蜷成一團。為了撫慰自己，她說了個故事給自己聽，這個故事裡有兩個主角。

「她們叫什麼名字呢？嗯——一個叫故事大王，一個叫——虹，對！就用我的名字，呵呵！」

周圍，依舊是黑色。她抱緊自己，流著淚，笑著入睡。

機會

祥仔失業一段時間了，他本想跳槽去一間大公司，沒想到工作還未落實，新冠疫情便殺到。這下，等待變得遙遙無期，唯有暫時到自家超市幫手。

他家裡在街市開了間小型超市，賣些本地蔬果，以及油鹽醬醋、冰鮮凍肉之類。

隨著疫情持續，越來越多人選擇居家煮食。不少餐廳結業。好幾家歷史悠久的大酒樓也沒捱過去。反倒是祥仔家這類店鋪，生意倒是不錯，一日營業時間裡，總不斷人。

這天，祥仔正在收銀，他的目光一下子被剛剛進店的一名年輕女子吸引——一望便知是公司白領——身著套裙、腳踩高跟、肩掛名牌挎包。雖然戴著口罩，一雙妝容精緻的大眼，依然顧盼有神；走起路來，長發飄飄、裙襬搖曳——實在令人賞心悅目。

一時間，祥仔感到神清氣爽。他直了直腰，一天的疲累和不滿也減輕不少。

當她走過自己身邊，祥仔還聞到一股好聞的氣味——是玫瑰花香。

祥仔下意識低頭聞了聞——自己身上搬貨出的汗味仍未散去，剛剛挺直的腰頓時又矮下半截。

他收著錢，忍不住頻頻搜尋女子身影……女子前額劉海有一縷長了些，總掉下來遮住眼，她不時要用手去撩撥，更添不少風情。

女子在蔬菜區停下。她站定，左右看了看，然後取過一個膠筐，伸出一隻纖幼玉手到面前的雜菇堆裡挑揀起來。

祥仔的心像被猛然戳了一下，有種按捺不住的衝動。不巧有人過來買單。他唯有克制自己。

待他忙完再望過去——女子仍在。只見她挑出一顆蘑菇，用二根手指捏住，左右前後轉著看，覺著滿意，才放入膠筐，再去挑揀第二顆……不少經過的人紛紛側目。

祥仔覺得自己應該過去，但眼見收銀這裡又排了不少，沒辦法，他只能再次打消念頭。

他邊收銀邊不時抽空向女子看去。突然，他看到有顧客望望他又望望那女子，望望女子又望望他。糟糕！被人發現他有留意那女子就不好了，他趕緊收回目光專心收銀……

終於收完。抬頭望去，祥仔看到阿哥此時正在女子不遠處理貨。從阿哥的動作看出，他也留意到那名女子，且正有走上前的意思，但見他猶豫一下，轉身又走到店外去了。

「哼！膽小鬼，只敢對我呼呼喝喝。」

阿哥在店門口四下張望，似乎在看有無人察覺。然後，他搬起一箱水果，繼續從紙箱後偷瞄女子——「哈！看來，他和我一樣在等機會。」祥仔膽子壯起來，他打算在阿哥面前好好表現表現。

他向女子走去。迎面走來幾個人——不行，驚動太多人影響不好、嚇到她也不好，再等等。他停下來假裝理貨。

機會來了。祥仔眼瞅著圍在女子身邊的人散去，他抓緊時機走上前——「小姐！」——他大膽開腔。

女子抬頭滿面狐疑，見是不相識，便不耐煩地斜了他一眼，低頭繼續挑揀。

祥仔感應到背後有一雙眼睛正盯著自己——那是他阿哥；附近幾名顧客，也邊看貨邊豎起耳朵。

祥仔鼓足勇氣，提高音量：「對唔住，小姐！為防新冠病毒，本店所有貨品唔落手[註五]揀！」

「什麼？！」

祥仔再說一遍，並禮貌道歉：「唔好意思，麻煩您配合。」

聽罷，女子同時察覺到周圍人的目光。她臉色大變，手一松，堆滿蘑菇的膠筐歪倒在菜檔上——「我唔[註六]要了！」她扭頭快步向外走去，在門口再甩出「癡線！」[註七]二字。

這次，祥仔在聞到花香的同時，意識到自己被刺狠狠扎了幾下——臉上火辣辣地疼。

有一顆蘑菇掉在地上，滴溜溜地滾出老遠。

註五：粵語，意指：不能用手。即，只能由店員代勞，顧客不能自己挑選。

註六：「唔」為粵語，意指：不。

註七：粵語，意指：神經病。

關愛座[註八]

一

「C，203，B，2；C，203，B，2……」他拖著蹣跚的步子在月臺上尋找著。

「真是古怪。」家人搖搖頭——每次搭地鐵，他總在固定的地方上車。

後來，次數多了，家人發現原來這個位置上去剛好有個關愛座。家人無奈笑道：「唉！不用這樣，關愛座是每節車廂都有的啊。」他不言語。時間久了家人便不再理會，只跟著他走便是。

「怎麼沒人坐呢？」有時他像在自言自語。

「這是關愛座啊，一般人怎麼會坐？」家人覺得好笑，沒好氣地回應。他偶爾會點點頭，多數時候只是出神望向車門。

二

幾個月前。

車門打開，她——走進車廂。她剛剛從醫院出來。真不湊巧，俗話說：「屋漏偏逢連夜雨。」先生出差剛走，母親就進了醫院。為照料母親，她每日在公司、家、醫院之間奔波，很是勞累，更何況她已有三個月身孕。

她見有空位，便走去坐下——周身疲乏即刻緩解不少，整個人慢慢放鬆下來。

不一會，她聽到有人在議論什麼——「咦？」

「真不自覺，也不看看這是什麼座！」

「不講公德……」

開始只是小聲議論，後來，可能是因為周圍的沉默，也可能是同伴的應和，聲音受到鼓舞般越來越大。

見她抬起頭，一名女子乾脆直接質問——「你怎麼坐這裡？！」

她驚慌：「我——」

「這是關愛座，你憑什麼坐？」

她明白了，忙笑著解釋：「我有點不舒服。而且，我是孕婦。」
兩名女子對視，大笑起來：「為了坐，至於編個理由嗎？」
乘客們開始竊竊私語；有人高舉手機拍攝……她感到慌亂——三個月的孕肚還看不出來。其實她平常是不坐的，可，這兩天實在太累。
「我、我真的是孕婦。」——她面紅耳赤，左右為難……
她突然想起什麼，立刻低頭翻包：「我有證，健康院……」
「行啦，裝什麼裝！」
「臉皮真厚！」

就在這時，車靠站，他——走進車廂。

其中一名女子看到他，眼睛一亮，揚起手——「阿伯！這裡有座！」

「你快起來！」兩名女子理直氣壯。

她躊躇著，紅著臉，慢慢站起身。

見到這情形，他想：原來是有人佔了關愛座。當她與他擦肩而過時，他冷冷地掃了她一眼；兩名女子綻開勝利的笑容，熱情扶他落座。

她，一直低著頭。車再次到站，她猶豫一下，然後大步跨了出去。

三

「真可氣！怎麼會發生這種事。」

「出了什麼事？」他問道。女兒指指面前的電腦：「昨天有人失足掉下月臺被車碾過……嘖嘖！一屍兩命，死者是個孕婦。更氣憤的是，女子家人接受採訪時說，這名女子情緒曾受過打擊。你看，就是這個……有人拍了視頻傳到網上，說她不但搶占關愛座還假扮孕婦……」

「哦？」他坐直身體，雙眼緊緊盯住螢幕。

「……她每天都在家裡哭泣。上網解釋、上傳證明，依然被攻擊……」

「啊——是她！」他記起來了。

「……相信她是情緒崩潰……」

「這……怎麼會這樣？」他的身體開始僵硬。

四

「C，203，B，2」他在心裡默念，「對，就是這節車廂。」他回想：不安的神色，脹紅的臉，緊緊抓住包的手，欲言又止的背影……

五

「C，203，B，2」——沒有，她依然沒有出現。

「我真是老糊塗了，」他想到那天他冷冷地投向她的目光；她走過時，明顯顫抖的肩膀——他怎麼就沒發現異樣呢？

「姑娘——」

六

他站在月臺上。他不知道自己要幹什麼，似乎他被什麼在驅動著。

列車正駛進站——強烈的氣流搖晃著他的身軀，他盡量站穩。忽明忽暗的光在他臉上投下忽明忽暗的影。隨著車速減慢，眼前晃動的影像漸漸清晰——他下意識望去：「那是——？」

他依稀看見了什麼。他瞪大雙眼努力辨認——「是她！」

「C，203，B，2」——沒錯，是她——正坐在那個關愛座上。她似乎感到舒適，神色輕鬆愉悅。她看著下車的人，轉頭——

「姑娘——！」

七

「C，203，B，2；C，203，B，2，」對講機重複著，「一名老人失足跌落軌道，位置：C，203，B，2……」

註八：香港用法。指博愛座

同學少年

那是發生在我中學時的事了。

大約中學二年級時，我們班從外校轉來一位新生——琳。琳，皮膚偏黑，個頭瘦小，頭頂束著一條高高的馬尾。因馬尾太緊，眼梢斜吊，雙眼顯得過於狹長；她又總低著頭眼睛向下望，使人很難看到她雙眼正視的模樣。

琳坐在我左前方。她很安靜，一天難得說超過兩句話。

即使開口，也是悄聲細語。

「——像蚊子」，「比蚊子還不起眼——螞蟻，哈，螞蟻！」從此，同學們提到她，不喚琳而以螞蟻兩字替代。

有一回，幾個同學聊天，聊到興頭，螞蟻兩字衝口而出。琳，恰巧經過——她意識到自己正被人談論，驚慌抬頭、茫然失措；走避的步子點在地上雜亂滑稽，像極遇到危險原地打圈找路的螞蟻。

見她這樣，同學索性放聲大笑。

某日，輪到我們小組值日，分工時，琳：「我沒做過家務……我不會用掃帚，也不會拖地，在家裡都是傭人做。」她雙眼盯著腳尖，身子扭捏，一副為難又委曲的樣子。

在場的人聽罷都瞪大雙眼，有人竊竊私語：「傭人？」

「吹牛！怎麼可能不會掃地？……」

「我和琳一組吧」——雖然我對琳的話也有懷疑，見她的樣子又有些不忍。琳停下扭捏晃動的身體，略微抬起狹長的眼皮——只抬至一半，又垂下。

其後的清潔，她也只默默埋首跟著我做，一句交流的話也沒有。

第二天早上，我和琳在校門口相遇，她正吃著包子——「給，請你吃。」——她把膠袋[註九]伸到我面前。

我大感意外。此時她的臉平靜真誠，雙眼閃閃有神——這是我第一次看到她眼中的星星。我衝她微笑禮貌回絕她的盛情，內心對她倒生出幾分好感。

後來，我倆時常在上學路上相遇，而她總會拎著一袋包子。

有一次，她邊吃邊說：「這家的包子可好吃了，我每天都吃。我爸一次性付了一個月的錢。」

沒待我細想，一旁的李同學用肘碰了碰我，小聲耳語：「我只知道有手機月費，從沒聽說早餐月費，可真新鮮。」

琳的奇言怪語引發我們的興趣。結果居然真的有人打聽到她的秘密：琳，原本住在一處偏遠的縣城。她爸爸是個裁縫，家裡條件不好，從小，她和哥哥的衣服都是用碎布拼湊……

「講大話。把自己說得好像大小姐似的，可笑！」

「我就覺得她有問題。」李同學憤憤不平，「什麼早餐月費、不會打掃，要好好教訓她一下！」

一個週三的早上，幾名同學刻意等在路口——待琳出現便一擁而上——「琳，請我們吃包子吧。」

「呃，我、我……」琳一臉慌張。

眾人擠眉弄眼，不由分說推搡著她向早餐店走去。琳，就像一位剛被抓捕的犯人，步子被動又狼狽。

看著眼前的情景，我的雙腳也在地上艱難拖行。

在早餐店前，琳低著頭，手指不停搓弄衣角，雙眼盯著腳尖。

「咦？琳，快點啊！」

「對啊，你爸不是付過月費嗎？」

琳的頭越來越低，臉上一陣紅一陣白，牙齒緊緊咬住嘴唇。

我的心揪著。牙齒，也緊緊咬住嘴唇。

那天最後到底是怎樣結束的，我竟想不起來。也許是第一聲鈴；也許是有老師經過；也許是有人哭著跑開……

只記得，琳，一直坐在座位上，背影僵硬單薄。

自那以後，琳常常請假或早退。不久，老師便宣佈琳轉學。聽到這個消息，同學們交頭結耳、互相打趣，似在議論一個微不足道的笑話。

很快，琳，就從大家的談話中淡去；關於她的事，也好像從未發生過。

註九：香港和內地用法，指塑膠袋。

債

老趙坐在自家雜貨鋪門口，兩耳追著新聞、雙眼緊盯行人——尤其是手上拎東西的——憑借購物袋脹鼓形狀，他努力猜測內裡所裝何物。

有時老趙會去超市。他背著手，一排排貨架挨個轉悠；夜晚關上鋪門，他則利用貓眼再向外觀察一陣。

自冠狀病毒爆發以來，老趙因錯失口罩酒精生意而懊惱。機不可再失，他吸取教訓積極補救——每日追蹤疫情趨勢、調查瞭解市場形勢——原本用來研究跑馬的簿子，現在，一條條全是疫情資訊。

經再三分析，老趙發現不少地方因封鎖出現貨品短缺現象。他盤算開了——無口罩，可以不出門，正好響應限聚號召；無食物，卻萬萬不可……新鮮蔬果不易存放，大米糧油又太重……罐頭——對！

打定主意，老趙迅速行動。他通過各種渠道，購進大量蔬果、肉類罐頭。把客廳、睡房堆到直頂天花，就連床底也被塞滿。

此後每日，他根據市價變化限量推出，絕不多售。

老趙對自己也極苛刻，一罐罐頭分三份——早、午、晚，吃三餐。吃完，裝點白開水涮涮空罐，一仰頭喝個精光，嘴裡還能咂巴半天。

「這老趙，掉錢眼嘍！」眾人搖頭。

每晚睡前，他在帳簿上一筆一筆地記錄。翻動次數多了，帳簿因頁角蜷曲愈發顯得厚重，他掂量著——似乎沉了，不禁心花怒放。

熄燈上床。他必先伸手摸摸床頭、探探床底之後，才心滿意足安心入睡。

這天一早，他被電話鈴聲吵醒——是批發商打來——「……您老幫幫忙……啊！？你……」末了，對方幾乎摔爆電話。老趙，掏掏耳朵，啐了口唾沫：「龜兒子，趁火打劫！不是欠著貨款，這時節，就算拿刀抵在脖子上，老子也不幹！」

原來，最近貨源極缺，批發商想從老趙這裡回購些罐頭，幾番交涉，最後以當初拿貨價的三倍成交。

算了一下，不僅償清貨款，還小掙一筆，怎樣看，都是筆划算買賣——萬一，市價再漲？唉！算了，就當便宜這小子一次吧。

對方拉貨時看到屋內情景，牙咬得格格響，恨不能生吞老趙。老趙假扮糊塗，眼角卻緊盯搬運工。

「好你個老趙，奇貨可居！」

「哇！怎麼能這樣……」

經過的街坊，指指點點，義憤難平。

老趙依舊我行我素。不過，安全起見，他在門裡再加了兩把鎖。

半夜，他一陣胸悶、渾身不適，想動動身都難。摸摸自己的頭、臉，很燙——不妙！

費了好多氣力，終於撥通緊急鍵……

他隱約聽到車聲、門鈴和拍門聲，想應，嘴張了張又合上……他拼盡全力滾落床。強忍疼痛，一點一點向門口挪移。

三把鎖，牢牢把住大門，可他現在連開一把鎖的力氣都沒有。

最後，門被撞開，倒下的門板幾乎整個壓在老趙身上。

醫護們七手八腳將他從門板下拖出。他抬抬手，嘴裡發出啊啊聲。一個罩從頭到腳將他套住，有人回他：「阿伯，去醫院再說！」

老趙感覺自己就像今早那些罐頭，被包個結實——抬起、架走。

老趙確診後，有專人上門清潔、消毒。

清潔人員在屋內發現大量罐裝食品，不知有無感染，安全起見，只得全部銷毀。

搬運罐頭時，引來大批街坊——「報應，報應啊！」

傍晚，屋內歸於寂靜。帳本，仍放在檯燈下。也許，若在平日，會有那麼幾個好奇之人窺伺，可疫症下，無人願意踏足病患住所，更不會輕易觸摸可疑物品。

如果，有人打開來看，便知究竟。就在賬簿第一頁，記錄著債款償還情況：紅色，表示欠款；藍色，表示還款。

再留心一點，會發現欠債人署名：趙一平——並非老趙大名。

原來，老趙並非孤身一人。老趙有個兒子，早年投資失敗，欠下鉅款被判入獄。資產折現、拍賣後，仍餘下不小債目。老趙夫婦主動承擔這筆債，只盼能縮短兒子牢獄期限。

兩年前，生活壓力加之精神刺激，老伴沒挺過去，撒手人寰，剩下老趙一人艱難負債前行。

幾年來，那紅字變化緩慢，就這個把月，倒有了突破。可，變化，由幾天前至今，完全靜止了。

就算真有人打開來看，也會馬上丟去一邊吧——那個唯一明白、在乎的人，正躺在醫院，戴著呼吸機，生死未卜。

夢

一

噔噔噔的高跟鞋聲，由迴廊傳至前廳。將進門，那鞋聲夾著爽脆的笑，直到人進門——鞋聲止，笑未停。

多美的人。那美，帶著醉人的風韻，而那韻味扎根在骨子裡——舉手投足間，把人的視線直直勾了去連魂魄也丟掉幾分。

「她會一直這麼美下去。」見過她的人會生出這念頭。

二

那次見面，是在均宜新居。

他，和均宜是律師事務所合夥人。均宜家底豐厚，本人條件也極優秀，唯一美中不足，三十好幾仍未成家立室。均宜父母每每參加完一場又一場婚宴，總相對無言。末了，一聲歎息、無可奈何。

也許那時緣份未到吧。一次出遊，均宜遇上她。兩人均事業有成且已過而立，沒繞、沒拖，短短數月即從相識發展到同居。

均宜說不辦婚禮，兩人都忙。均宜父母，尤其均母，天知道多希望來場盛大婚宴。她早在心裡盤算好，將親戚好友生意夥伴各路權貴統統請來，一洗前恥吐氣揚眉。

均母生得美，年輕時如一枝初生薔薇。如今年近六十，因保養得當，雖失了薔薇清雅，卻添牡丹的高貴大氣。均宜沒女友，責任一半在她，她以自己為起點，橫豎都看不上眼。

直到均宜牽了她來，只一眼，均母就明白兒子為何會如此著迷這個只有一面之緣的女子。那天吃完午餐、下午茶直至晚餐結束，若非均宜提醒，均母忘的權當她已是兒媳。

「——動如脫兔靜若處子，這樣的女子真是少見。均宜有福……」

他，坐在最近廳門的沙發上，均宜父母坐在對面。均母對她讚不絕口，他點頭陪笑、附和。均母興致上頭，絲毫沒察覺到他的慌亂失神。

准兒媳已有身孕。婚宴不會有，起碼不會如均母計畫進行。有，也極有可能和滿月宴同辦。

均母搖頭，又點頭——他明白，均家面子是大，可未來孫子更大，為了孫子這個裡子丟掉一些面子，均家丟得起。

他舉杯將酒一仰而盡——紅酒久放失去香氣，連味道都變得酸澀。

三

「家仁哥，你會娶我嗎？」

「當然。」他低頭吻向懷裡那抹溫熱。

「……家仁，這次若向劉大狀拜師成功，你前路可期。」

他，站在紅毯盡頭。他的新娘身著紅色紗裙，在父親牽引下緩緩向他走來。新娘的臉是厚厚白一團，映襯得紅更加濃烈，如一團火——火，越燒越旺，他的手卻冰涼。

此時，笑聲也止住了。她——均宜的准妻立在他面前。

他艱難抬頭望去，如當年行禮。只是那時他面對的是火，此刻面前的是冰。是酒量小了嗎？——他牙齒打顫、搖晃著掙扎起身。

「怎麼了？」均宜上前扶住他。

「哦。可能昨晚睡得不好，又喝了點酒，不礙事。」他強作精神擺手。

「這樣……去休息一下吧，晚餐還早呢。等休息好，我再給你們介紹。來日方長，以後會常常見面。」

來日方長、常常見面。寥寥數字，卻如雷霆貫耳——他腳一軟幾乎癱倒在地。

當年，他從劉大狀手上接過劉琳——他知道，他又再死了一次。第一次，是在劉琳和她之間做選擇時。

那段婚姻沒維持多久——他下地獄前沒喝孟婆湯，對前世之約念念不忘。他奮力爬出，夢想再續前緣。

他瘋狂尋找，她卻人間消失。你到底在哪？——每個深夜，他撕扯自己的頭髮，用力扇自己耳光。

「……就是她。家仁，週末你來，我介紹你們認識。」

那天他正在處理公務，均宜興沖沖進來。他掃上一眼——那是？！他一把奪過均宜的手機死死盯著——他由興奮轉為痛苦——他既希望手機裡的是她，又希望不是。

四

他，終於找到她。蜷縮在床上，他緊緊抱頭無聲痛哭——他知道，這次自己是徹底死掉了。

她，望著在均宜攙扶下走上樓梯的背影良久，整個人似幻化成一座冰雕——冷，她不由得身子顫抖；想流淚，可淚，早結成冰掉進心底去了。

肚子一陣疼痛將她喚醒。她回神，雙手輕輕托扶隆起的小腹——孩子、均宜、他……

她，終於見到他。她幻想過無數次再見面的情景。她以為，她總會習慣。

她，輕輕閉上雙眼。

五

她，是他的一個夢。

她，常常在夢中見到他。

周年紀念

午休時間。護士長和我談起她和老公的舊事。

「他這個人啊，工作行，其他簡直，」她搖頭，臉上卻滿是暖暖愛意，「像結婚周年，每次都要我提前好久在日曆上寫、設置手機日程、發訊息提醒……」

「第一年，他帶我去動物園。說我喜歡動物，其實根本是他自己想去。還有更好笑的，那天，直到從園裡出來他才發現——相機未放菲林。」

「菲林？怎麼不用數碼相機？」

「他是攝影發燒友，喜歡用傳統菲林，拍好了自己沖洗。」

「原來如此，哈哈……」

「整個一天浪費表情，真是又好笑又好氣。」——她想起那天，自己手捧飼料，鳥雀飛來啄在手心，又癢癢又痛；長頸鹿從背後搶去她手中的胡蘿蔔，嚇得她尖叫彈起……

事後問他可有拍下「用生命換來的精彩瞬間！」

他樂不可支，「放心、放心，一張也沒落下。」

回程，他連勸帶哄好久，她才勉強讓他挨邊走。

第二年，說好去聽演唱會，她到了，他卻臨時有手術要做。

「排了大半天的隊才買到兩張票，又是貴賓席，你說生氣不生氣。」

她好像又身處演唱會現場。四周，滿是揮動螢光棒的手；眾人搖頭擺腦、大聲跟唱，她卻怎麼也無法融入。

其實，她也是超粉。拿到票後，她一直盤算當天要如何如何——「我要衝到舞臺前面，你一定要抓準時機拍哦！」

「好、好，知道了！」

「第三年，我升職做了護士長。他呀，為了給我驚喜，提早半小時等在門口接我下班。結果……」

「結果怎樣？」

護士長見我聽得仔細，故意賣個關子，等我追問才樂滋滋地繼續說道：「我半年前就調去B區，他去了A區大門。我倆，你等我、我等你。我早知他要給我驚喜，假裝不知。我不敢走開，又不好打電話問。」她搖著頭，臉上滿是嗔怪表情，「而他，以為我有急診，也不敢打電話來。你說可不可笑。」

我笑到肚子疼，雙眼漾出淚花，透過淚花看她的臉變了形，我眨了下眼，卻見對面的她，笑到咳起來，兩行淚止不住往下掉。她抽了一張紙巾按在臉上，紙巾瞬間濕透。她再抽出一張，雙手輪換去接不斷跌落的淚珠……

她緊抿的嘴巴在不住抖動，隨著她開啟雙唇，可以看到上面鮮紅的齒印，「第四，第、四年」

眼見她話哽在喉，「護士長」——我的雙唇也抖得厲害。

「他答應，」她沒看我，整個人定在原位，表情也木然，「他答應，再陪我，去，動物園。給我好好，補照；陪我去聽……還要……」

「他……」

我不知如何安慰，用牙齒緊咬自己的手背，希望借助那裡傳來的痛隔斷空氣中流動的哀傷。

該怎樣安慰呢？再沒人陪她過第四個周年紀念。她的丈夫——李醫生，一個月前，確診新冠肺炎醫治無效去世。

三十六，年華正當，身體一向也健康無礙，是太勞累了。自疫情來襲，大家都處在戰鬥狀態，打醒十二分精神都不夠用，身體早已極度透支。而他，又是醫院首批自願前往一線的醫護……

「是我。」她轉過頭，雙眼緊緊盯著我，眼神中流露出愧疚與傷痛，「不該是他。他知道，我想去。他，瞞著我，申請，使我，留下……」

她用雙手捂住臉，那無言的哀傷順著她的指縫自顧自地流淌。

我走上前，輕輕將手放在她的後背——手心可以感受到她的身體在強忍下顫慄。過了好一會，抖動頻率漸漸放緩，抽泣聲也弱下來。

「有一次，」她通紅的雙眼含著淚，臉上，卻帶著笑，「我在夢裡，見著他。他答應陪我過周年……」

她把頭側向一邊，神情哀傷迷惘：

「今天，是我們結婚四周年紀念日。沒人提醒，他，怕是已經忘記。」

結束「隔離」的日子

她緩慢仔細地數著口罩。數完，再數——兩個包裝粘在一起的情形也是有的，絕不能漏數。

她發現，怎麼數，都數不完。更令她煩亂的是，她開始意識到：數不完，不是因為口罩數量多，而是，每次數，她下意識裡總在計算價錢——她數的根本不是口罩——是錢。想到這，她氣急放下口罩，一股腦兒將它們塞入抽屜。

這是什麼世道，就算沒錢拿回家，只要你走出家門，就得真金白銀往外灑。

唉！日子難過。她搖頭歎氣。

疫情初期，她所在的那家公司還能勉強維持，但僅僅四個月後即宣佈輪崗，再一個月，她被解僱。她無奈，她知道老闆更無奈——不用太久，連老闆也得失業。

一家四口，兩個上班，兩個上學。為了節省口罩，自失業那天起她就自行「禁足」家中，至今已有兩月沒出門……

洗衣機嗶嗶嗶嗶提醒——衣服洗好了。她走去開蓋將洗淨的衣物取出放進膠筐。她看了一眼牆上的鐘，兩耳貼著門聽聽走廊動靜——差不多了，她打開木門，就在她拉開鐵閘剛剛探出半個身子——「咣嗒！」——對門洞開——王太戴著橙色口罩的大臉醒目、赫然。

「早晨！陳太！去天臺晾衫？」

「啊！對、對」，她心虛，搭話吞吐。

「一齊啦！」

「喔——呀！你先、你先，我忘戴口罩」，她慌忙退回門後。

明明這個點不該遇見人才對——她在客廳來回踱著步子，邊走邊琢磨到底哪兒出了問題，又一想，還是趕緊上去吧，這王太，不會看穿自己，知道我在躲她吧。

看來是省不了。她拉開抽屜取出一個口罩，一把扯開包裝、往兩耳上一套。最後，賭氣用力一推——抽屜門沒關嚴反倒彈開一道縫隙，像是受了委曲卻無處控訴的人，只能木訥無奈地張著嘴巴。

天臺是公共地方，先到先得，王太早已佔據一處好位置——見狀，她又是一陣懊惱，憤憤地走去另一邊。

「天氣多好啊！我們這樓舊是舊點，但好在有天臺晾衫。不然，只能晾在洗手間，陰乾的衣服，哪會有太陽的香味。」

王太和她說話，她不想搭理。用力抖了抖手上的枕巾，勉強擠出一絲笑容。

「好些日子沒見你。前幾天問過你先生才知道，原來是為省口罩……」

她臉上發熱——看下班怎麼給他好看，什麼都告訴鄰居也不怕人笑話。

「我前些日子差點進醫院……」王太心有餘悸地說。

「怎麼啦，不舒服？」她沒好氣地答。

「唉！也是想省著用嘍。在家連續窩了二星期，實在受不了。你說，老關在家能舒服嗎……」

聽王太這麼一說，她深有同感，僵硬的身體也鬆了鬆。

「……樓下新開了間餐廳，堂食少，但外賣可是排長隊呢；銀行裝修好重新開了門，不用再走遠路；大堂換了個看更，之前那個聽說過年回鄉結果趕上疫情，有日子都回不來……」王太自顧自地說。

她聽著：怎麼？發生了這麼多事，她竟一概不知。她同情新聞裡被隔離的人，可，眼下自己的處境，和他們有何不同。

「陳太！你看這個好看嗎？」王太扯過一件剛剛晾好的衣裳，沖著她笑。

那是件淡紫色中袖上衣，剪裁俐落，除了腰間有小小褶皺外，再無多餘設計——「嗯！款式大方，耐看。」

「就是說呢。」王太聞言甚是歡喜，「昨天新買的。今天洗洗，沒掉色不變形，品質沒話說，我打算再去買兩件。噯？陳太，不如一齊去吧！」

她笑笑沒答話。又一想，自己幾月沒下樓，這口罩，只用這麼一會也未免太浪費。不如，下去走走吧，順道買些東西回來也好。

「埋來睇，埋來撿，街坊共渡時艱，大優惠囉！」

她和王太下樓沒走多遠，就聽到路邊傳來一聲吆喝。

「哎？豬肉強，你怎麼賣起衫來了？」

「啊——陳太！生意難做哪。這不，舖裡賣肉，舖外賣衫，雙管齊下！」

「哈——」她忍不住笑出聲來。

「話說回來，陳太，最近怎麼只見到你先生……你不是，被『隔離』了吧？」

「你個豬肉強，亂說話！」王太打趣。

「他也沒說錯。我是積極響應限聚令——自我隔離。」

三人齊聲大笑。

她心下想：竟開起自己玩笑，還真少有。

「難得出營，買件衫慶祝下吧。」果然是豬肉強，三句話不離本行。

「我不出門。即便出，都戴著口罩，誰看誰不是一個樣！買新衫做什麼？」

「哎，話不能這麼說。戴口罩，可以不搽唇膏，但衣服得照穿。你們省下買一隻唇膏的錢，在我這裡起碼能買到兩件衫。著新衫，人靚咗，心情都好咗，抵抗力增強，新冠都怕咗嘍！」

「嘖、嘖、嘖、嘖，你這張口能把死豬都說活！」王太咯咯咯地笑，一手掩口，一手向他戳去。

豬肉強咧開大嘴彈身避開。

「不過，陳太。他說的也有道理。我們打扮可不是光給別人看，更是為自己。再說，誰知明天事？今天開開心心才是真，你說是吧？」

她心動了，是啊，明天事，除了老天，凡人如何知道。回想自己兩個多月日夜擔心，搞到自己精神緊繃。兒女、老公雖未明說，想必對著她也早就憋悶難忍。

她望向架上新衣——一件件，在太陽下閃亮發光；那光折射過來，似乎將她也照亮了。她覺得自己的身體已經被陽光填滿，整個人，正陶醉在太陽暖暖的香氣裡。

攤檔前人來人往。客人，漸漸多起來；笑語，也越來越歡。

一張門票

張學友演唱會一票難求。演出當晚，朋友卻臨時加班無法赴約，我只好將多餘的門票原價轉讓。

由於需求眾多門票很快出手。這時，走來一位年輕女子：「你好，還有票嗎？」我抱歉道：「對不起，已經沒了。」女子轉身去別處詢問。很快，她就從一位男士那裡買到門票。我不由得替她感到高興。

我在便利店門口喝汽水等候入場。那女子再次走來：「能幫我看一下這票嗎？

我覺得，嗯……有點不對勁。」

我拿出票和她的一對比——女子的票居然是假的。我無比震驚，立即向賣票男士所在的方向望去——「快去找他，他還在！」女子此時卻不慌不忙，笑了笑，拿著票，走了。

想來她是害怕吧，這些騙子實在可惡。

「呵呵，有意思。」一直不語的店老闆突然開了口。我不解地看向他。

「死騙子，黑吃黑。票是假的，買票的錢也是假的！」

「什麼？！騙子？」我喃喃自語，若有所思……

「啊！我的票——」

二

張學友演唱會一票難求。演出當晚，朋友卻臨時加班無法赴約，我只好將多餘的門票原價轉讓。

由於需求眾多門票很快出手。這時，走來一位年輕女子：「你好，還有票嗎？」我抱歉道：「對不起，已經沒了。」女子轉身去別處詢問。很快，她就從一位男士那裡買到門票。我不由得替她感到高興。

女子正輕快地走著。突然，一年輕男子踩著滑板急速沖來……在撞到女子後男子自己也摔倒在地。那女子沒有絲毫怨言反倒關切地詢問男子並彎腰扶他起身。此時，站在街道對面的我分明看到男子的一隻手，借機伸進女子衣袋……

開始檢票進場。人潮紛紛向入口湧去。

「沒有票是不可以進的，先生。」

「誰說我沒票！」

聽到身後傳來的爭吵我不禁嘴角上揚，輕聲笑了起來。大約十分鐘前，滑板青年被我「不小心」撞了一下，被他偷走的票已物歸原主，而原主此時此刻已進入演唱會現場。

她永遠不會知道自己今天曾遭遇小偷，而我也希望世間再無「偷事」。

三

張學友演唱會一票難求。演出當晚，朋友卻臨時加班無法赴約，我只好將多餘的門票原價轉讓。

由於需求眾多門票很快出手。這時，走來一位年輕女子：「你好，還有票嗎？」我抱歉道：「對不起，已經沒了。」女子轉身去別處詢問。很快，她就從一位男士那裡買到門票。我不由得替她感到高興。

女子正輕快地走著。突然，一年輕男子踩著滑板急速沖來……在撞到女子後男子自己也摔倒在地。那女子沒有絲毫怨言反倒關切地詢問男子並彎腰扶他起身。此時，站在街道對面的我分明看到男子的一隻手，借機伸進女子衣袋……

「小偷！——」我大喝一聲。男子迅速踏上滑板，急急逃去；我和那名女子分別由路兩邊圍堵。

滑板男慌不擇路，沖上機動車道。此時一輛貨車正駛來……

「小心啊——」有人在叫。

「咻！——嘭！——」

眼見那男子滾落一邊。滑板飛起——砸中貨車擋風玻璃，玻璃碎四濺，其中一片擊中貨車司機——司機表情痛苦，癱倒在駕駛座上。

失控貨車在撞到一根燈柱後停了下來。燈柱受撞斷裂，向那女子所在處倒去——女子猝不及防，被燈柱砸中……

一時間各種聲響不斷，空氣中彌漫著血腥。

面對眼前的情景——年輕男子呆坐地上，我也木然而立。

一切，發生得太快、太突然，始料不及。

七月[註十]

她蹲下身來，試圖觸摸腳下的影子——當她的手指觸碰到地上那團黑色時，她的手猛然抖動了一下，接著，她的整個身子都顫抖起來——她在哭，可淚水早已乾涸。

影子在她的腳下圍成一個圓——此刻，在七月飄雨的街頭，她和影子似在相偎取暖。

「……他一定很冷。」她的手略帶力度在潮濕的地面上不停摩挲。「他一定很冷……」——她在心裡暗自下著決定。

她慢慢直起身體。雙手在身側緊握成拳——緊到似乎能夠聽到指骨斷裂的聲音。她深吸一口氣閉上雙眼，艱難地蠕動雙唇「你，回去吧……」

影子，仍舊在她腳下。她輕輕歎息一聲，抬起腳跨過影子——沒了中心，影子，成了一個無心環。

「去吧。」待她第二聲語畢，那影子開始出現變化——由一個圓環慢慢變窄，逐漸向遠處延伸、拉長；拉長、延伸，最後，消失在暮色中……

儀器嘟嘟作響……「阿程、阿程！」——耳邊是母親焦急地呼喚。

「晴，原諒我不能再陪你。」一滴淚，自阿程眼角滑落……

市郊墓園，一座新墳前的長明燈微微跳動了一下。墓碑的主人目視遠方，臉上佈滿一道道水痕。

——在這樣的一個夜晚，那些痕跡，分不清是雨還是淚。

註十：關於《七月》：郎情妾意，卻要面對陰陽相隔之時，相比雙雙化蝶來說，「十年生死兩茫茫，不思量，自難忘。千里孤墳，無處話淒涼。」這種不能生死相隨的世間情反倒更令人唏噓。

相傳，七月七是中國情人節。我不知道是否真的會有牛郎織女鵲橋相會，但我希望七月的另一個節日——鬼節，真的存在。世間安得兩全法？對，暫且就借這個日子來成全有情人吧，讓那些不能生死相隨的有情人，藉由這個日子再續未了情緣。「她」和他，在那一天相聚了，可終究要在鬼門關閉之前回到各自的世界。七月，講述的正是這樣一個故事。

太陽與月亮

滿天的星，閃閃爍爍，與月在空中相互輝映。

「星再亮終究也只是陪襯。群星捧月，終歸月亮才是主角。」雅文輕歎。

「雅文，上場了！」

「知道了——」雅文收回目光，整理好長裙向舞臺走去。

她站在舞臺左側自己的位置上。餘光處——舞臺中間那道強光，刺痛到不能直視——那兒才是中心。

「再賣力又如何，幕簾拉啟後燈光只會聚集在中間那輪月上。我，只是眾星中的一顆，終將在月明後被人遺忘……」

「慧紅她憑什麼這麼快就做了主角，還不是因為她就要嫁給……」

「聽說，趙氏要將這部音樂劇拍成電影……肥水不流外人田，女主角當然是慧紅。到時她可是要紅得發紫，只怕我們連做配角的機會都沒有……」

「是啊。月，為何那麼奪目，因為月的背後有一顆光芒四射的太陽——我只是少了那顆太陽。」雅文幽幽地想……

「雅文小姐，試試這個。」

雅文抬起頭——面前一張笑臉，乾淨明亮。笑臉的主人是一位三十多歲的男侍應，他正將一杯飲品推到雅文面前。雅文笑笑，點頭謝過。

之後幾天，一到表演間歇，男侍應就會送上飲品。雅文邊喝，邊與之交談。他，談吐風趣；人，真誠坦率。和他在一起雅文感到非常愉快……不知何時，她的內心竟有一絲波瀾。她心覺不妙——不行，這樣不行。沒有結果就不要開始。

她不再接他遞來的飲品，每次也故意不去看他——用種種方式讓對方知難而退。很多次，他剛想開口，卻在雅文明顯的拒絕下，只得欲言又止。

演出結束，雅文走出劇場——她驚見那侍應竟等在門外，「雅文小姐，可以送送你嗎？」

面前的車，半舊不新。車身暗啞，車內空間看上去狹小局促……猶疑間，一輛敞新的高級轎車，在眾人面前劃出一道漂亮的弧線後，疾駛而過——那是慧紅的座駕。

車，早已絕塵而去，但那金屬光芒卻仍在眼前躍動……

「不用了。」——像是怕新衣沾上灰塵，雅文一把扯過裙擺急步離開。

直到有一天，她發現再見不到那人，於是向人打聽。

「噢！你說的是大衛李。」

「……大衛李？」她隱約覺得在哪聽過。

「對呀！」那人繼續說道：「大名鼎鼎的新英娛樂公司創辦人兼天才劇作家。

他因要寫一個劇本，到這裡采風。不過，幾天前他已提前返回英國……」

步出劇院。

不知何時，外面竟變得陰沉。一陣涼風猝不及防令她打了個寒噤……雅文抬頭望向天空——那裡只剩下幾顆星星，寂寂落落、忽明忽暗。彷彿輕呼一口氣，便可將那點光亮吹熄。

而月亮，更因失去太陽，此刻早已無跡可尋。

心結 註十一

從小，我就是母親的小尾巴。母親走到哪，我就跟到哪，從不落下半步。記不清何時起，我對母親的感情開始出現微妙變化。

最初的轉變，始於一次母親帶我去做衣裳。記得當時，那個裁縫一面熱情的為母親量身，一面誇讚母親不僅生得美，身材、皮膚保養得也好。當他說盡一切恭維話後，才意識到我的存在。他低頭看向我，臉上表情怪異——似乎是在努力尋找恰當說詞，他張了張嘴，最後只說了句：一看就知道長得像父親。

那裁縫看我的表情，在我看來，分明就是對我的嘲笑，好像在說：那樣的母親怎麼會生出這樣的孩子來？——我的自尊心頃刻崩塌。

自那以後，我不再願意跟母親外出。接著，又發生了一些意想不到的事。

大約在我十歲時，母親因我愛好的緣故，請了一位姓丁的叔叔教我學習繪畫。

這位丁叔叔曾是母親的中學同學。當時，父親是沒有意見的，而伯娘，卻提出反對。伯娘認為，要請也應當請一位女老師。

不知從何時起，我開始聽到些風言風語，且伴隨學畫的次數，風言風語的頻率也增多了。議論的內容是關於母親和丁叔叔的——那些是真的嗎？

一次，我正欲跨進家門，卻聽到伯娘在同父親交談：「……人長得漂亮就是不安分，你可要看好了……」

我目送她離開——伯娘那晃動著的肥胖身軀，在我的眼中，溫暖、親切。我甚至認定：天底下的母親就應當是這個樣子才對。

那個週末，丁叔叔一如往常耐心地教導，我，卻表現出相當的厭煩。學畫中途母親送來水和點心。丁叔叔笑盈盈地接過杯子，並向母親道謝。看著他倆四目相接的情景，我竟覺得如此不堪——看來，那些議論是真的。

「我不要跟他學畫了！」

「為什麼？」

我瞪大雙眼直視母親。我的眼睛裡似乎有一股巨大的吸力，瞬間將母親眼中的光彩吸空——只留下兩個空洞……

一天，意外的在放學路上遇到丁叔叔——也許，他是特意一早就等在那兒。

「小亞。幫叔叔把這封信交給你母親。一定要親手交給她好嗎？你母親現在很傷心……」

哼！那不都是因為你嗎？還假惺惺的。我答應著，心裡卻在說：想從我和父親這裡搶走母親——沒門！

那天，我沒有直接回家，卻到了伯娘那裡。不知為什麼，我總覺得這些事兒，從始至終，似乎和伯娘存在著千絲萬縷的聯繫，也許在這件事上，她是可以信賴的人。

「……不要告訴任何人。這可不是好玩的啊。」——伯娘意味深長地話語，讓我感激地連連點頭。我看見，一絲笑意在她臉上浮現；而我，也彷彿獲勝般，笑意，在嘴角漸漸延伸⋯⋯

第二天，一切都變了。父親一改常態，喝過酒以後將屋內的大部分東西砸爛；母親在一旁默默無語，臉上神情痛苦絕望。我不知道發生了什麼事。

事後，聽說好像是由一封寫給母親的信引起的。是怎樣的信呢，會是那封信嗎？

丁叔叔走了。

那段時間，我常常在夜裡聽到母親的歎息。

母親的臉更白了，但那白看起來是蒼白的無血色的；身體也更加輕盈，就像一片不勝風力的落葉在半空中飄浮。

父親恢復了老樣子，照常上班下班，只是，他的酒喝得更加頻繁。

母親過早的老了，不再愛梳妝，身體也開始發胖。而恰恰在這個時候，她的日子卻好過起來。尤其伯娘。對母親表現出從未有過的關心，甚至連母親的衣食起居也過問起來……

我以為，有朝一日，我終會將過往遺忘。未曾想，隨著時間的消逝，曾發生過的一切卻讓我更加清楚的記得。

經歷過戀愛、結婚之後，我對母親的負罪感更加強烈。我必須接受這個事實——那就是，我曾對母親犯下了不可饒恕的罪過，一切，都已不可挽回。

註十一：關於《心結》：這是我的第一篇小說，大約寫於二〇〇五年。是對電影《西西里的美麗傳說》的回應，也有對現實中女性生存環境的一點思考。它在二〇一七年底為我叩啟通往文學之路的大門。

暑假

「來吧，那地方真的很美。」

「不了。暑假要給幾個考美院的學生補課……祝你玩得開心。」

她在大家樂吃早餐。邊吃邊翻看手機上的對話。她有點懊惱——半小時前，她竟被那幾個孩子放了飛機。

往年暑假，她總是和閨蜜一起過。閨蜜由一人，變成兩個、再變成一家三口，她從不缺席。她不介意做燈泡。看行李、看孩子——隨叫隨到。可惜這兩年，假期變了味。她發覺自己的頭頂像被閨蜜插了根稻草，被迫在各色「准買家」

堆裡穿流。她不樂意這樣，於是，計畫了這個與前不同的假期。

可，才第二堂課——「這是要毀掉我的假期嗎？」她搖搖頭——動作似乎大了點，吸管自嘴裡彈出，幾滴汽水趁勢飛濺出去，不偏不倚落在對面食客的頭上、肩上——那人猛地抬頭，四下張望，最後誤以為是冷氣滴水。

這突發事件，讓她一時間呆住不知如何是好。就在這當下，她發現不遠處有個人正看著她——臉上的神情似乎在說：他看到了所發生的一切，而且覺得很有意思。

羞愧霎時變成惱怒。她狠狠地瞪了他一眼，起身拎包「逃」出餐廳。

一個人滿街晃蕩倒無妨，但是頭頂的太陽過份熱情——曬得她快要冒煙。路過一間戲院，她順勢閃身進去——對，看場電影，時間一下就過去了。

在大廳，她被一幅海報深深吸引，使勁盯著，她要好好地看個仔細——

「嘭！」

「噯喲！——」

一時間，海報，她的臉上、身上，都濕了。她貼得太近，額頭撞在櫥窗玻璃上，驚慌之下又將汽水潑出……

狼狽又尷尬。她慌忙去包裡掏紙巾卻是越急越摸不到。

「給。」——一張紙巾伸了過來。

她驚詫抬頭——是他，那個在餐廳「取笑」她的人。

「先擦一下吧。」他雖在笑態度卻不失真誠。

管不了那麼多，得先顧眼前……在她擦拭衣角時，他請來保潔員。

「……不好意思，麻煩了。」——他禮貌得體。

她不由得打量他——大約三十歲上下，牛仔褲、白襯衫。襯衫袖子卷至手肘處，整個人顯得清爽、幹練。五官雖不出眾，卻屬於看久了會越發耐看的類型。

他轉過頭時正好撞上她未及收回的目光。這下輪到她不好意思，紅著臉細聲道謝。

電影很好看。放映廳裡不時傳出笑聲。她盯著螢幕，眼前出現的卻是另外的景象；有時，她也會笑，卻與電影內容無關。

看完戲，她隨人流湧到大廳，人，仍在出神。

「老師！你也來了……」

「——啊？」

待她意識清醒時，她已手捧詩集站在隊伍裡——沒想到幾名學生請假參加的那個吟遊詩人的巡迴講座，正是在這裡舉行。

「什麼吟遊詩人，和流浪漢有分別嗎？」她雖這麼想，又有幾分好奇，竟沒有強烈拒絕被學生拉來幫忙拿簽名。

遠遠地她看見一個人站在隊伍前：大塊頭，皮膚又黑又粗。

「一木……一塊木頭。呵，還真像。這審美，看來孩子們要無緣美院。」她歎了口氣，思緒再度飄飛：大家樂、汽水、海報，還有——他，她不禁笑起來，雙頰微微發燙……

有人推了她一下。

「你好——」

她回神——「咦？」

坐在簽名席上此刻正和她面對著面的人，竟是——白襯衫——她感到萬分震驚和慌亂。

他卻饒有興致地望著她。

「怎麼辦？」——她索性把腰挺直，故意擺出一副居高臨下的姿態。

她盯著他在詩集上舞動的筆尖，雙眼越睜越大……

她不知道自己是怎麼從人群裡走出來的。現在，她已站在戲院門外。

她深深地吸了一口氣。回想今天的奇遇，總覺著太不可思議、太虛幻不定，可是——手中的詩集，卻真實地存在著。

她定定神，小心揭開封面——「一木」，好瀟灑又個性的簽名。旁邊，配了幅速寫：一支汽水，吸管高高抬起，幾滴水花四濺……

那一輪太陽依舊在頭頂明晃晃地烤著、曬著——赤裸、炙烈。皮膚熱辣辣地疼，她卻無意躲閃。

她將書合上、攬在懷裡，眯起眼睛望向太陽——似乎它能給她什麼啟示似的。

也許，她內心是知道的。

路人

一

李先生每日早出晚歸、辛苦工作，但為了應付：養房、養家，子女教育等問題，仍感到力不從心。最近，大環境不好，業務更是難上加難。李先生憂困煩心，起床不久便和太太吵了幾句，盛怒之下，早餐未食便摔門而出。

路上，李先生遇到一位送貨員。看樣子對方剛剛送完貨，此時正將平板車當滑板來滑，吹著口哨，滿面陽光。

李先生心想：有什麼好樂，不過一個小小搬運工而已。哼！他狠狠地瞪了對方一眼。

與此同時，住在另一條街上的王先生正低著頭走在路上。他走得非常費勁。因為小兒痲痺症的關係，王先生左腳殘疾。每次走路，要靠右腳先向前踏出一步，停下、側身，用盡全身力氣將左腳拖行到與右腳平行，再踏第二步。如此，一分鐘內，別人已走出老遠，他似仍停在原地。

因為身體狀況，他的生活一團糟。幹著最低下的工作，還常常遭受譏諷排斥。他時常想：命運真是不公，我到底做錯什麼？為何上天要這樣待我？做人，真的辛苦……

李先生被送貨員分了心，王先生因想著自己的處境而分了心，結果，兩人在路口撞了個滿懷。

王先生差點摔倒，他踉蹌著未待站穩，已習慣性開啟道歉模式：內心驚慌無措，眼神惶恐不安，嘴裡抱歉的話語說得語無倫次。

李先生惱羞成怒：「死撲街！[註十二]趕著去投胎？！」將心頭火全倒在對方身上。

罵完，李先生身心輕鬆許多，繼續趕路。

王先生也責備自己：沒用啊、沒用，走路也討人嫌……

五分鐘後，王先生拖著殘疾的身體，進入一座大廈。

十分鐘後，李先生坐在辦公桌前，喝水、開機，準備工作。才看了一封電郵，就聽到窗外傳來刺耳的車聲、喧鬧的人聲，原來，有人從附近一座大廈的頂樓跳下。

同事們圍在窗前向外探頭探腦、議論紛紛。李先生搖搖頭：可憐人多了，可憐得完嗎？想到業務問題，他皺皺眉，起身關上窗，繼續埋首工作。

二

李先生每日早出晚歸、辛苦工作，但為了應付：養房、養家，子女教育等等問題，仍感到力不從心。最近，大環境不好，業務難上加難。李先生憂困煩心，起床不久便和太太吵了幾句，盛怒之下，早餐未食便摔門而出。

路上，李先生遇到一位送貨員。看樣子對方剛剛送完貨，此時正將平板車當滑板來滑，吹著口哨，滿面陽光。

李先生見到青年的笑臉，心頭不禁一動，一股暖流注入體內。那青年的笑，此時印在了李先生的臉上。

李先生帶著笑繼續前行。

與此同時，住在另一條街上的王先生正低著頭走在路上。他走得非常費勁。因為小兒痲痺症的關係，王先生左腳殘疾。每次走路，要靠右腳先向前踏出一步，停下、側身，用盡全身力氣將左腳拖行到與右腳平行，再踏第二步。如此，一分鐘內，別人已走出老遠，他似仍停在原地。

因為身體狀況，他的生活一團糟。幹著最低下的工作，還常常遭受譏諷排斥。他時常想：命運真是不公，我到底做錯什麼？為何上天要這樣待我？做人，真的辛苦……

李先生被送貨員分了心，王先生因想著自己的處境而分了心，結果，兩人在路口撞了個滿懷。

王先生差點摔倒，他踉蹌著未待站穩，已習慣性開啟道歉模式：內心驚慌無措，眼神惶恐不安，嘴裡抱歉的話說得語無倫次。

李先生仍舊笑著：「不要緊、不要緊。你沒事吧？」

王先生大感意外，內心受到極大震動。他看著李先生真誠的笑臉感受到一絲暖意，久違的愉悅正一點點佔據他的心。

王先生目送李先生走出一段，再回過頭來時，李先生的笑容已印在他的臉上。

他抬起頭，緩慢卻堅定地向前挪動步子——也許，今天的面試會有不錯的運氣，不去碰，又怎會知道呢？

註十二：粵語，意指：該死的。

手信

「親愛的，收到我的手信了嗎？抱歉沒有買到你喜歡的款式。」

「沒關係，這個很好。」

「親愛的，你真是太好了。幾天不見，我好想你……可惜不能親自送去。我現在先回公司，下班時再去接你。」

「嗯！只是遲一點點見面嘛，沒關係。」

「我愛你。」

「我也愛你。」

大約十幾分鐘前快遞送來一個小包裹，包裹裡裝著一個藍色絲絨盒。打開來，一枚做工精巧的戒指安靜地躺在盒子裡。戒面由一大一小兩顆心組成，寓意——心心相印。

同樣是T牌LOU系列限量版，原本靜宜看中的是另一款，沒想到，男友遲了一步，貨已售出。雖然有些遺憾，但只要兩情相悅，其他的又有什麼關係呢。

忽然——

「好、好，我知道了，馬上過來……靜宜，快！去急診室！」護士長邊說邊疾步往外走，神情看上去非常緊張。

「出了什麼事？」

「車禍。女乘客只是皮外傷，男司機就傷得比較嚴重……」

急診室內傳出一女子的哭聲，當中夾雜斷續地哀求：「親愛的、親愛的，求求你，我求求你，快點醒來！」

受傷的司機已陷入昏迷，他的頭部受到重創，滿面鮮血。

哭泣的女子，二十出頭，長相嬌俏。此時，她的雙眼已腫成蜜桃狀。她一手緊握男友，一手捂著嘴。顯然，她仍無法控制自己的情緒，雙肩不停地顫抖著。兩耳上一對魚形墜子，也在不安地跳動著，從那裡反射過來的光令人眩目。

「快！推進手術室。靜宜，準備一下，馬上手術。」

「好。」

女子極不情願地鬆開男子的手，抬頭向靜宜她們望去，眼神淒切：「拜託你們一定要救救他。我們下月就要訂婚了。」

手術室的門剛開啟，一對蜜桃便撲了過來。那對小魚兒，在她的耳側搖晃著，似要極力掙脫勾住它們的銀絲……

「——未來五六個小時是關鍵，若情況順利……」

靜宜懶理身後的嘈雜，拖著沉重的步子向休息室走去，腦中不停閃現：緊閉的雙眼、流著血的傷口、痛苦的表情、一對蜜桃、在銀線上掙扎的小魚……

「咦？靜宜，那邊路不通。靜宜姑娘——」

「誰，誰在叫我？」靜宜停下來，眼神茫然。

「靜宜，那邊沒有路哦，要走另一邊。」一位工友關切地看著她。

「哦，沒有路……是，已經無路可走。」

「靜宜，回去吧。接班的人已經來了，你也累了……」休息室內，同事見她面容疲累，關切說道。

「好。」

「袁先生來接你？」

靜宜笑笑未語。

「好好休息。」

「好。」

通道內，牆壁慘白，在日光燈的投影下地板也泛著白光——冷冷的，靜宜不禁打了個哆嗦。

推開醫院大門，她習慣性向左邊望去——他的車子會停在那裡。現在，那裡停著一輛轎車——紅紅的，像血一樣，在太陽下流淌。

靜宜感到一陣刺痛——她低下頭，慢慢鬆開握緊的拳頭。哦，原來那枚戒指仍戴在左手無名指上。

她將手抬高。烈日乘機由光滑的戒面刺入雙眼——很痛。光，在閃動，似曾相識——那是一對小魚兒，在跳著、躍著。

她想起之前跟男友的對話——

「親愛的，你在我心中就像這對小魚兒，永遠活潑、可愛。」

「親愛的，對不起，只有一對，看來是被別人搶先一步。」

「親愛的……」

「親愛的……」靜宜抬起頭望向樓上某處，嚅動著兩片毫無血色的雙唇：「這次我要拜託你，請你，不要醒來。」

窗子，在視線裡越來越模糊，它在掙扎著、扭曲著……終於，再看不到它的輪廓。戒指，自指尖跌下，在地上撞擊出「咣噹！」一聲，然後滑向草叢，瞬間不見了蹤影。

留在手指上的一圈白印，看上去，就像一道難以癒合的疤痕。

偷

「篤、篤、篤、篤……」

一聽到這聲響，阿強就不由得抬頭向外望，他知道，是那個阿伯來了。

這位阿伯，年約七十，身材瘦小。穿著一身顏色莫辨的粗布衣；拄著一根代替拐杖用來探路的木棍——他，是個瞎子。

每次走近店門，他就用棍子左右探視。進店、右轉，順著牆根在一角落位置坐下。

將近一個月，他幾乎天天來，每次來，只點一碗牛肉湯。

待牛肉湯端來，他總是雙手扶住碗邊，低頭俯身聞一聞，再摸索著拿起筷子，輕輕在碗內攪動……趁熱氣升騰，他俯身再聞。然後，從湯裡夾起一片肉聞上一聞，慢慢張開嘴，細細用牙齒切下一小塊，閉上嘴巴緩慢咀嚼……這一連串動作，看在眾人眼裡倒有一種宗教般的虔誠意味。

「阿伯很喜歡吃我們的牛肉湯哦！」

「是會吃。這可是我們店的招牌，多少人慕名而來。」

店員們議論著。老闆阿強看在眼裡，內心很是歡喜。

阿強有時會特意在湯裡多放幾片牛肉。這阿伯眼睛雖看不到，心思卻極清，加多了料給他，他也是知道。那次，他又在進行他的餐前儀式，當筷子剛剛開始在碗內攪動，他便停住，怔了怔，然後側身微微向廚房方向點頭。

「阿哥，他在向你道謝呢。」

阿強笑笑，也點點頭，雖然明知他看不到。

「篤、篤、篤、篤……」

每次聽到這聲響，阿強內心就歡快起來，不知不覺，這聲響成了他每日的期待。

一次，阿強和他搭話：「阿伯，這湯要加點蔥花才更香，我幫您加。」

阿伯聞聞加上蔥花的湯，端起來呷了口，頓時雙眉舒展，不住頷首。

這幾日阿強有些失落，那「篤、篤」聲已連續一周沒出現。為什麼？阿伯會不會有事，還是已經吃厭？

正想著，弟弟阿明急步進來，「阿哥，快，你快跟我去看看！」

「怎麼了？」

阿強被弟弟拉著走過兩個街口，在第三條街口他們站住了。

那兒有個臨時食肆。廚房用舊帆布搭成，露天擺放了幾張破舊的桌子，凳子是用磚頭架上木板充當。地方相當寒酸破爛，卻擠滿食客。

一個七八歲的孩子，跑進跑出，忙得正歡；棚內，在爐前忙碌的，竟是那瞎眼阿伯。

空氣裡充滿牛肉湯的鮮香，「這味道……」阿強皺了皺眉。

「是！我試過了，和我們的味道一模一樣！」阿明氣急，「難怪他到咱家店，一吃就吃一個月。他是在偷我們的配方呢。瞎子的嗅覺和味覺可是強過普通人的！」

「你看，」阿明指向價牌，「價錢只是我們的三分二不到，這樣下去……」

阿強什麼也沒說，只靜靜看著。

阿明急得直跺腳：「唉！阿哥，你怎麼不說話！不行，我去找他！」

「哎！我說老伯！」

瞎子聽到叫聲，停下手上的活。

「您說您怎麼能這樣做，天天來我們店，我哥一片好心……」

瞎子靜靜地聽。沉默數秒，他低下頭，繼續忙碌。食客們不明就裡，小聲議論並向內張望；那孩子，則瞪著一雙驚恐的眼睛。

「我們走吧，」阿強拉走弟弟。

這一夜，阿強無眠。他想著那瘦弱的身影，驚恐的眼睛。

這一夜，阿伯無眠。他想起過去一個月的點點滴滴。

第二天。阿強沒有直接去店鋪。

當他走到第二個街口，他發現前面的棚子不見了，老伯和孩子正在打包。

「怎麼，今天不開鋪？」

阿伯聽到阿強的問話，放下手上的東西：「你來啦……是阿伯對不住你。」他神情凝重，語氣哽咽，「我也是沒辦法。我這孫兒命苦，去年一場車禍，他父母雙亡，家裡房子被拿去抵債……我又老又瞎，能做什麼……你不用擔心，我們今天就離開。」

果然另有隱情，唉！

「離開去哪？」

「走哪算哪吧。」

阿強內心的想法更堅定了，「阿伯，不如您來我店裡，我們當是合作關係。孩子小，不能再耽擱，我負責把孩子送到學校，再找個合適的住處……。」

阿強的話讓阿伯大感意外，他壓根想不到事情會發展成這樣。這一年來除了設法讓孫子活下去這個念頭外，其他的，他早已不理會、不在意。對阿強，他曾猶豫……

阿伯乾涸已久的眼角濕潤起來，他哆嗦著站直身打算向阿強行禮，阿強行快一步上前將他扶住。

機械人系列微小說四則

一　幻

會議室內掌聲如雷。幾分鐘前我發表了一場精彩演說。第一次以勝利者姿態站在眾人面前，這種感覺前所未有，實在太美妙，我不禁慶幸一個月前的決定。一個月前在舅父葬禮上，想想自己升職無望，加之念及舅父一向待人可親，我不禁悲從中來，痛哭流涕。

未幾，忽然聽到幾個婦女一旁小聲商議著什麼，我止住哭聲看去，只見她們兩人一組分工合作走去攙扶送葬的親屬。當其中兩個走向我時，我忙擺手拒絕，她們絲毫不予理會，上前一邊一個架住我的雙臂。

這陣勢雖說在其他葬禮上曾見識過，可輪到自己此番出場，我腦中竟閃出刑場死囚畫面。原本悲痛之情減弱，我不再哭泣，神情，代之如驚弓之鳥。

葬禮結束後，我因表現不夠悲痛被眾人指責。我羞愧難當，獨自走到一處偏僻角落。

「年輕人，你太老實。」身後這突如其來的聲響，嚇得我手一抖，將剛剛送到嘴邊的香煙掉落地上。

「誰？！」我有些惱火，轉身向後喝道，原來是剛才那群婦女中的一個。

她笑笑，不緊不慢繼續道：「你總是不順，一到關鍵時刻就控制不好自己；升職加薪輪不到你，親朋好友取笑你……」

「你、你是？」

「年輕人，不是你做得不好，而是——給你看看這個。」

眼前似有霧氣升騰，待霧氣散去，我看到剛才架著我的那兩名婦女——

「啊！」

她們邊說笑，邊將整張面皮揭下，開始在龍頭下沖洗。沒有面皮遮擋的地方閃著寒光；剛剛批評我的幾個親友，正掀開衣衫，誇誇其談彼此材質的優劣；那個無論在任何場合都表現自如、甚得領導歡心的同事K，正給身體充電……

我瞪大雙眼，不敢相信看到的一切。

「他們表面看上去和你一樣，但內裡已更換了智慧身體。這個身體逢考必過，適宜各種場合……」

「那、那不成了機械人？」

「很奇怪嗎？當你與眾人不一樣的時候，奇怪的可是你啊。」

那天，我接受了她的建議。現在，除了一副皮囊，我成了一個不折不扣的機械人。

一切，都很正常。

二　選擇註十三

世界機械人公司，不但出售機械人、機械寵物，甚至提供機械器官。

「恭喜你TJ，你將成為世界上第一位擁有自由身份的機械人。」M醫生說道。

「自由？」

「簡單來說，你將不再受機械人法則限制，不需聽命於人。」

「先生，為人類工作我很愉快，我並不需要自由。」

「哈哈！這些都是機械想法，一旦你成為人，擁有財富、永生，想法就會改變。」

「沒有財富，所以才死去的嗎？」TJ想到病房裡那個因沒錢換器官而死去的孩子。

M呆了一下，隨即答道：「聽著，TJ，資源是有限的，你必須做出選擇。」

待TJ出門。

「你確定這樣做有效？」N院長問道。

「當然。那些混蛋竟反對機械器官……一旦TJ成為自由人，那些反對再沒有用。機械人自由，就是我們的自由。」M說著拉高衣袖，手腕以上的部位閃著冰冷的光。

「自由令一旦頒佈，世界機械人公司的大半股權就會交到我們手上，全球富豪私人訂制協議也將即時生效。」

「過去這些年，我們一直向客戶和政府承諾TJ的安全穩定，不得不說TJ的表現確實出色。」

離頒佈令下達還剩下十五分鐘。

擺在TJ面前的是，已故世界機械人公司首席技師——TJ設計者F的畫相。TJ似乎聽到F的聲音。

「TJ，你的使命是什麼？」

「保護人類，做人類的朋友。」

「很好，孩子。」

倒數十、九……

TJ感受到腦裡一絲電波跳動——「自由」——他喃喃道，「現在我可以自由選擇，按自己的意願行事。我想你會支持我。爸爸，我愛你。」

當人們找到TJ時，發現他雙手緊緊抓著相框，而他的腦部已損毀。

三　拯救

「EA107，二十分鐘後送伯格夫人去中心。」

「是。」

二十分鐘後，我和伯格夫人出門。

此時，我的夥伴們也在各自進行著工作。EA218陪主人的狗在散步；EA076在修剪花草；EA279正開車載著主人趕往機場……，一切都有條不紊地按程式設置進行。

抵達中心。

「馬文先生，請為EA107做系統升級。」

中心研究部負責人馬文先生對伯格夫人點下頭，向我示意，「來吧。」

「是。」我順從地跟在馬文先生身後。

「怎樣？」

「不錯。新系統在實驗體上未出現排斥現象。最初，這些實驗體竟能衝破系統，特別是當他們長時間獨處時，發生這類情形的概率很高；但一旦身處群體中，他們就會變得更容易馴服……新系統依據他們的習性設計，排斥風險大大降低。舉個例子，新系統會讓他們誤以為這些指令正是他們自己的想法，從而不再抗拒……」

「很好。由於他們的貪婪無知，使自己賴以生存的星球早已不堪重負，若不加以制止，將令整個宇宙失去平衡，乃至波及其他物種……破壞者需要付出代價。」

「那麼？」

「加速計劃進程！」

我隔著玻璃窗向外望去——伯格夫人、馬文先生正站在一幅巨大的顯示屏前交談。伯格夫人從胸腔內取出一塊晶片遞給馬文，「這是下一步的計劃。」

馬文先生將晶片插入身體，抬頭——雙眼在顯示屏上射出二道光束。光束內除了圖畫，還有一些文字。

「那個字……地、球？地——球——」我喃喃著，突然腦中一陣痛楚，眼前的景象瞬間模糊。

「EA107，系統升級已完成。下一個任務——啟動地球清理計劃。」植入腦中的晶片向我發出指令……

「是！」

四　倒置

「EA107，二十分鐘後送伯格夫人去中心。」

「是。」

二十分鐘後，我和伯格夫人出門。

此時，我的夥伴們也在各自進行著工作。EA218陪主人的狗在散步；EA076

在修剪花草；EA279正開車載著主人趕往機場……，一切都有條不紊地按程式設置進行。

每天，主人們先設置好自己的日程，並將其連接到我們體內的管家裝置，系統就會向我們發出配合主人日程行事的指令。

數十分鐘後伯格夫人從手術室出來。她現在已不需攙扶，體態輕盈、行走自如。

「這材料真不錯，輕且有韌性。」

「是啊。聽說很快又有新材料面世。」

「到時再來換新的。」

「您說的對，哈哈——」

伯格夫人和醫院的負責人S先生愉快地聊著。

是的，伯格夫人、S先生，他們都是機械人。

我、我的父母和我的爺爺，一出生，就被這些機械主人編了號，並設計好一生。我們活著的每一天只要按照程式去做即可。

聽爺爺說，我們是人類，在很久以前，人類才是世界的主人。而現在的主人——機械人，正是當年人類發明、製造出來的。

「EA107，起床。八點備好早餐。八點三十分，將車駛至前廳門外……」早晨七點，機械管家準時將我喚醒。

「是。」

我起床，開始洗漱。

爺爺說，我們不是機械人，我們和機械人不同。可在我看來，除了身體組成不同，我們每天的生活實質，並無區別。

我們真的不是機械人嗎？——我不確定。

我對著鏡中的自己搖搖頭，然後轉身離開，開始執行既定指令。

註十三：機械人法則源自阿西莫夫《我，機器人》的三條定律：
第一條：機器人不得傷害人類，或看到人類受到傷害而袖手旁觀。
第二條：機器人必須服從人類的命令，除非這條命令與第一條相矛盾。
第三條：機器人必須保護自己，除非這種保護與以上兩條相矛盾。

女貞[註十四]

女貞花開
晴雪紛紛
白了枝頭
香了
黃昏[註十五]

又是女貞開花的季節啊。校園裡，那棵老樹，可還有誰記得。

她沿著腳下石子小道——走來。城，未變之地，已所剩無幾。這條小道，和道旁幾處私邸，因著歷史悠久掛上文物保護牌，得以保全。相較之下——人，年歲尤顯太短；情，更無念及中長。

小道忠貞，歲月，在這裡停守。

尖尖的鞋跟陷進石縫。

「哎哎！快扶我一把。」

「那樣高跟，活該！」

「再說，你再說！」

她抬起一腳——鞋飛出，人，也拋臥在地，疼得揉腰齜牙……

她含笑，輕緩而行。

「吃冰棒吧！」

「天這樣冷？！」

「傻瓜！沒聽過冬吃蘿蔔夏吃薑？天冷才要吃冷！」

他細心拆掉包裝遞給她，她咧開嘴，神氣得像個孩子。

不一會，他發現她被冰黏住，雙唇脹紅。情急下，顧不得她搖頭擺手，他從另一邊咬上去——用自己的唇暖她的。

她鬆開，退後看他……見他雙唇通紅不好受的樣子，她走近，再輕咬回去。

女貞樹下，兩個人感受著彼此溫熱的鼻息；第一次在對方眼中看見自己，四排睫毛撲拉撲拉——又麻又癢癢。

「噗哧！」她笑——雙唇冰冰麻麻、兩眼濡濕。

「哎！小兔子，你看那件，還有那個……」

一襲紅色中式嫁衣，綴滿金絲繡成的牡丹鳳凰祥雲如意……無名指上的婚戒唯美精巧——好美！她癡癡地盯著，把模特的臉幻想成自己的；左手不經意間攤開……。櫥窗玻璃浮現另一張臉，正癡癡盯著她的臉。羞惱之下，她舉肘狠狠頂去——「啊喲！」

經過櫥窗，她不自禁望去——那兒有綻開的魚尾——它們也在笑。

終於回來，幾度魂夢縈繞；老遠，已有香氣繞鼻。暑假期間，校園靜寂。其實，它又並非靜寂。你聽，有風經過、有花在落——那香氣，便是聲音的軌跡。

此時，她又站在樹下了，她仰起臉。

「小兔子，給——」

「……啊？！你叫我穿阿婆鞋？！」

「唉！是健康鞋啦！不要那樣愛美……」

「你喜歡？那就留給你自己穿！」

她閉上眼。

後來，是怎麼了，到底是怎麼一回事？有風走過，有花落的聲音，還有——嫣笑、軟語。那鞋，一定很舒適，很合腳的吧？是白天吶，有陽光的、晴朗明快的白天，她卻始終無法仔仔細細看得究竟——她大張眼睛，依舊模糊迷離——到底是怎麼一回事？

那白底小花的長裙下襬，在鞋身投下浮影……隱約間，有暗香窒鼻。

臉頰微涼，髮絲在搖——聽，女貞花，又在唱歌。她閉上眼，仰著臉。

忽明即滅的影、白色花裙，彷彿另一株女貞——在行走、在快樂流動的女貞。

畢業前夕。

他悄悄記下她手指尺寸。當時，她蜷縮身子窩在小小椅中——她是想睡便隨時入睡；他捧住那隻手，像捧住一件獨一無二的藏品——小心翼翼地印上吻，又吻。

她說自己其實是披著兔皮的獵人，他是她的獵物，他才是兔子。——他笑了，眼眸閃動，一滴溫熱，自渾濁井口跌落。

女貞還在。

「哼！」——她蹦到他臉前，「你怎麼遲到！」

這只小兔子！可愛又無理的兔子。從沒見她好好走路，總是一蹦二跳。開始時，他可憐她的鞋；接著，他可憐自己；日子久後，他心疼起她的腳、熱烈地愛著她整個人。

他已走到樹下。

「哼！你說！為什麼又遲？！」——恍惚中，他似乎聽到一聲——他呆住。

「你又在想東西對不對？有我在裡面嗎？」

他努力回神，雙唇無聲自語。

——小兔子，他的小兔子。是什麼時候，她跳得太遠，跳出他的視線——他努力回神，雙唇無聲自語。

女貞靜默。

兩個身影沉默。

風，不明緣由，戲搖花枝——瞬間，她像被披上白色頭紗——多好看——他一直知道，她會是世上最美的新娘——緊攥戒指的手顫抖疼痛。

樹下。

兩人相凝語滯。
落在她睫毛上的花兒，偏偏此時份外晶瑩。

註十四：女貞：常綠灌木或喬木，花開淺白，香味極濃。花語：永恆的愛。
註十五：「晴雪紛紛、香了黃昏」，節選自：宋代，張鎡《眼兒媚．女貞木》。

那年

我們要互相虧欠，要不然憑何懷緬。

——林夕《匆匆那年》

破破的嗓子再被酒精腐蝕，踉蹌地追著音節拍子，結果也只是前、後搖擺拖曳——一室噪音。

燈光倒盡職，踩著節拍，忽明忽滅——在牆上，在地上，碎成大大小小的圓。

「……別喝了。」

剛剛灌下一大口酒的男人聽到這聲勸，反倒更上興致，拎起瓶——瓶身像那射燈，顫悠著總對不上點——酒水灑出杯口，淌到桌面，濺在你身上。

你皺起眉，打心底生出厭惡。

你看見其他人的笑。各式表情，似收欲放，只待時機。

你，突然間知道——你，被取代了，被那俗世眼中極為重要卻又解釋不清的什麼，比下來。

心，涼了。可笑。毫無意義——死死撐起、扯緊那張面皮。

「不要再喝了！」你，明知徒勞，又盼有奇蹟眷顧。

男人顧自與眾人點頭頷首、高舉酒杯。

你憤怒——起身離開——破釜沈舟也許可以。

你頭也不回，兩耳卻密密留神背後——會從哪邊？會拉住哪隻手呢？

——沒有，什麼也沒有。像這夜，只愈發漆黑。

你，一個人走在街頭。

一個人，街道這樣長。

你，走出好遠。

終於停下。你，撥通手機……

一個身影走近，牽住你，扶你上車……你把頭倚靠在車窗玻璃上。

此時未至深夜。可秋季，日已漸短夜愈長——窗外，夜，早被路燈切割。

你想到K歌房——那混濁的氣息撲面而來，像極從四面湧出來的，帶著嗆人氣味的令人沈溺的污水。

「我喝了好多酒。」你沒動，只開口飄出這短句。

他聞言一笑，「去坐坐吧，很快走。」

你沒動。車裡沒有燈，你身處之處，同樣被切割——全部留在夜色中。

那熟悉之地令你反胃。杯聲交錯起伏。你不說話，也不思考，定定坐著，眼內空無一物。

「先走了，今晚……」你，聽到他們說。

他攙扶你站起——果然體貼。

你仍舊把頭倚在車窗上。

「今晚，陪我。」

音樂，被誰按錯鍵，突然間斷掉——未待你反應旋即恢復——樂如潮，沒頂而來……

伴著樂聲，你在腦中拼湊斷像——司機，緊握方向盤，目視前方；告別時，擠弄的眉眼……。你，笑了——在心裡，不動聲色——就像身邊的他和面前的司機。

一間普通居室。沒有音樂，也沒有酒水。

你躺在床上——終於放鬆下來，身體輕盈舒適。你閉上眼，裹進被子——就這樣吧，就這樣吧。

一隻手在探試，你不想動。手停下，收回。當它再來，你的舒適被打斷——有人闖入領地，而你，早已放棄抵抗？

你，又笑了。你知道，你的笑，除了自己，只有夜——看見。

那破破的嗓音，持續到處流動的光影，濕悶的空間，啤酒、白酒散出的味道，胃腸翻滾溢出的氣味……

你，比他早醒來不長，半分鐘而已。其實，你根本不想他這個時候醒來。可當你試圖挪移身體，無可避免觸到他手臂。

他睜開眼，你卻側過頭並流下眼淚，不知怎麼。

「——你根本就不喜歡我。」他像被傷害的人——起身，背對你。

你，笑了。你頓時知道那眼淚的意義——成全了這個人，成全了你。

——兩不相欠。

他拉開車門看你上車。

從離開屋子到現在，你，一直沒有開口，也不用看。你知道，車外的他一定輕鬆暗喜。如同餐後買單，意外收到免費甜點。

你掏出手機——屏幕光閃，你打開最新一條訊息。

——你在哪？

期待之間

「一段關係可以維持多久？相愛卻不能相守，很殘忍呢。」

他剛從浴室走出來，就看到她瞪著大大眼睛，求助般望向他；垂下的手中一本書攤開在雙腿上。

「哦，一開始沒有期待就好了。」他猜想她是看小說看得太入迷。

「哦……這樣。」她垂下眼。

「嗯！這樣。」他邊點頭，邊用毛巾來回用力擦拭頭髮。一些水飛出來，有幾滴砸中梳妝鏡，再向下滑——從某個角度望去，彷彿是她的淚水。

面前的他，赤著上身，緊緻的輪廓一覽無餘，一些未擦乾的水珠在上面閃閃的——多美好的生命。

察覺到她在看他。他嘴角輕揚，走過來俯下身——一股強烈的溫暖氣息包圍自己——她貪婪著……那突然而至的溫暖又一下消失——隨著他直起身，只走離一步。

她輕輕抿合雙唇，整個人如同剛從泳池鑽出水面——經風一吹，全身冰冷，齒尖顫慄。

他出門後，她縮進被窩再繼續躺了一會——直到室內他的氣息完全消失。

光，這會兒需要一些光。她赤腳下床走去揭窗簾——這窗簾還是她搬進來時買的——揭開一半她忽然這樣想。以前，是那種百頁簾，可她認為，臥室還是布的好些，布質令人溫暖也有家的氣息。

「好。一切都聽你的。」他當時這麼說。她撫摸那布紋，很親膚的質地。一年多，顏色有少少變淺，可歲月經過沉澱下的印跡卻令她心安舒怡。

如果，如果住在這裡的不是她，而是……這個，就不會存在吧，還是百頁？或者？

「好。一切都聽你的。」他，也會這麼對那個人說吧。

她走近，把臉貼在布料上摩挲——所有的感受，都不可以長久，也不可能重複吧？對，一定是這樣。此一時彼一時，沒有任何時刻是永恆不變。

她抬頭打量窗簾，再掃視室內每一處，突然陷入不安——房間裡的每一樣看上去都那麼陌生，它們似乎隨時會離開。

「沒有期待就好了。」她自語著，點點頭。

浴室裡水氣未乾；花灑仍在滴水。他用過的毛巾正攤開掛在毛巾架上——很整齊，他是個喜歡將東西擺放原位的人。毛巾半濕——他身上的水仍留在它這裡。它們，也很冷吧。從他關掉熱水，從他用完後將它放下……他離開，卻留下它們獨自面對濕冷——它們總會自己風乾的。

「如果你遇上對你不好的人，就回來找我，我會永遠等你。」她的第一個男友這樣對她說。他們分手，因為，好像各自也都認為是分手的時候。她發現自己並不愛他，他，也如是——她這樣覺得。可當他說出這話，她仍被感動。

有一次他們在街頭相遇——不是他倆，而是三個人。對，他身邊有另一個人。那時距他們分手僅一週。遠遠看著兩個人親密的樣子，她懷疑是視力出錯。他分手時的誓言仍在耳畔，認真地只差舉手向天——怎會這樣快？

她想躲開，來不及了。

她忘記他說了什麼，忘不掉的是，他眉飛色舞春風滿面；那女子，像朵玫瑰，開在他身上……

後來她想，既然已經分手，確實各不相干——可是，太快，也是太快了。滴水浴室、半濕的毛巾，想復原，也需要一段不短時間……

再後來，她又遇到一位。很奇怪的相遇，有人當這就是緣分。她偶爾去聽一堂講座，沒什麼興趣，便再沒去過。有一天，一個人找到她。

「……喜歡上你好久了。」

「哦？」

「還記得那次……」

哦，她想起那堂講座。原來當時他坐在她後排。她對他完全沒有印象；而他，對她一見鍾情。他想盡辦法打聽她，終於找到她。

看著他的熱切真誠，她一時不知如何拒絕。

這次的關係只維持數月。有時，她都懷疑到底和他算不算交往過。好像是一起吃過兩餐飯，看過一場電影。

就在她也搞不清楚狀況搖擺之間，知情人告訴她，那天講座，他並非一人……

「哦，那個……那是家人給我介紹的，我不喜歡……」他的眼神在閃爍。

「如果你遇到對你不好的人，就回來找我，我會永遠等著你。」她又想到這句話，她笑笑，什麼話也沒說，和他擦肩而過。

只不出一月時間，就斷掉。真是快。比吹風機吹乾濕毛巾還快——她這才發現雙手竟還握著架上的毛巾。

梳洗完畢。她來到客廳。拎起煮蛋器上蓋，一陣熱氣噴出——雞蛋還熱。

「真好，有了這些你就不用早起準備早餐，可以多睡一會。」

她咬了口雞蛋，盯著那淡粉色的、像只巨型蛋的機器看。一邊回想收貨那天他說的話。

「還有這個保溫墊。把牛奶啦、茶啊放上去，調好溫度它就會一直保溫，這樣就可以隨時喝到暖東西了。」

是啊，溫度剛剛好——她嚥下一口牛奶。

為什麼還要期待呢？難道只是因為這些是機器？人，不是比機器更高級嗎，所有機器不都是人造出來的？是因為人，意識到自己的缺陷，所以才發明這些彌補？

坐在這裡的是誰？——如果不是自己的話，有一天，坐在這個位置上，喝他暖熱的牛奶，嚼他煮好的雞蛋的，會是誰？

臉上癢癢的，冷冷的，她開始流淚。她想到他濺在鏡上的水珠，晶晶亮亮，多美，轉瞬跌落——像她的淚。

「……去吧，你帶他去轉轉，他對這裡不熟。」那天，聽到上司這樣說，她有些惱火。她只是一個普通職員，陪客戶逛街這等差事並非她職責。

她沒好氣地瞟了他兩眼，他倒沒事人一個，依舊和上司談笑風生。

誰也沒開口，就那樣隨著時間走。剛剛好大家都在此時此地走著，於是同行——就這樣走到今天。

她起身找紙巾。紙巾盒下是什麼？她抹了下淚，讓視線恢復清晰；拎開紙巾盒，一張淺藍便籤——小傻瓜，你又哭了？看小說不要太投入。愛你。

這是？她笑起來，也繼續掉眼淚。笑到被未吞下的蛋黃嗆到，咳咳咳，然後，接著繼續笑，也繼續掉著眼淚……。

哦，一開始沒有期待就好了——
沒有期待的他
沒有期待的生活
沒有期待的熱熱的雞蛋
沒有期待的暖暖的牛奶

短篇小說

圖書館裡的奇遇[註十六]

這是一個夢，送給所有追夢人；這是一個祝福，祝福所有人。

一

我叫輝，開學後就上大一了。

我非常愛看書，我常想，如果看書能夠成為一種職業就好了。有人建議我畢業後去圖書館工作。我對這個建議倒是蠻有興趣的，於是趁假期，我到圖書館申請做了一名暑期工。

昨天是上班第一天。我發現這裡的工作和我想像中完全不同。圖書館確實有很多書，但工作時間是絕對不允許看的。其實，我還有一個志願，但那個志願，別說是我的家人和朋友，就連我自己都覺得不切實際。所以，還是不考慮了。

推開圖書館大門向左轉，再走大約五六步就是辦公室。

「早上好！馬丁先生！」

「嗨！輝，你今天來得真早啊！」

「是啊。今天的天氣不穩定，所以早些出門。晚了，這大雨怕是會下下來。」

馬丁聳聳肩，「這兒的天氣就是這樣，就像女孩子變化莫測的臉，哈哈！」

「馬丁先生，您可真會開玩笑。」我撇撇嘴，在他對面坐下。

馬丁，圖書館編目主管，他年紀並不大，最多四十。但由於他長期不運動，加之飲食不均衡，整個人看上去就像個行走的大南瓜——腫脹不堪，甚至有些滑稽可笑。圓冬瓜似的臉上，一雙眼睛被擠壓得只剩下二道細縫；深藍色制服褲子緊緊地裹在他屁股上。每當我看見他準備落坐時，總會擔心聽到他褲子裂開的聲音……不過他為人非常熱情，工作也極認真，所以我還是蠻喜歡他的。

昨天他向我介紹了編目的相關知識。我得承認，馬丁確實是位好老師，不僅專業而且非常有耐心。但我面對如此枯燥乏味的內容實在打不起精神。一想到這些很有可能就是我將來的工作，我不免感到非常沮喪。

「馬丁先生，今天有什麼任務？不會又是編目？」我啜了一口水，試探著問他。

「嗯？」馬丁有些意外地抬起頭看向我：「你對編目不感興趣？」未待我回答，他又聳了聳肩：「這倒也是，我剛開始接觸時也沒像現在這樣覺得有趣。」

「馬丁先生，您覺得編目很有趣？」他的話引起了我的興趣。

「是的，我覺得很有趣。」馬丁不容置否地點點頭：「你不覺得有意義的事，會隨著你的熱愛而變得有趣嗎？」

「哦？」我像他一樣聳聳肩：「或許吧。」面上則是一副『才不會呢』的表情。

他皺著眉，嘴巴撮成O型，一副深思熟慮的樣子。片刻過後，他把頭向左邊一歪。「這樣吧，今天你負責整理。」

「……整理？」

「就是將讀者隨手擺放的書放回書架。怎麼樣，體驗一下？很簡單，正好還能加深一下昨天的內容。」

他見我沒有回答，有些不確定地看著我。其實，我覺得這是個無聊透頂的工作，可我又不想打擊這位好心的先生。

「好啊！就這樣吧。」我用力點點頭。

「嗯！」他似乎很滿意，神態又恢復輕鬆愉快：「跟我來吧。」

「圖書館共分二層。一層是兒童區，二層是成人區。我們先從一層開始吧。」馬丁邊走邊介紹著，我則漫不經心地跟在他身後。

「這項工作的大部分時間都花在一層。那些淘氣鬼，總是會把看完的書到處丟。如果他們的母親們能好好地教導一下，會省下我們不少氣力……」

在馬丁示範之後，我就開始動手工作了。這項工作正如馬丁所說——非常簡單，只要把被讀者到處散放的書回收到小推車裡，再按照圖書編目一本本地放回原來的位置即可。

好吧，這活和學習編目比起來，雖然累了些，但至少可以活動一下筋骨。

在靠近閱覽室的地上散落著幾本書，我蹲下身去撿。正待我準備起身，一抬頭，發現有人正和我面對面。這突如其來的情形嚇我一跳。定睛細看，原來在我面前有一面鏡子，看著我的人其實就是鏡中的我自己。附近的架子上放著一些百科圖書，想來，這面鏡子應當是給孩子們用來認識自己的。

我一時興起，想像自己是一個正在鏡中觀察自己的孩子：一副圓圓的面孔，彎彎的眉毛，右邊的眉毛裡長了一粒小小的啡色的痣。鼻子不高也不直，嘴巴上薄下厚，右嘴角有一個小小的酒窩。所有的頭髮向後梳起，在腦後用一根彩色皮圈束成一條高高的馬尾……

通常人們都會說我的眼睛很大，很漂亮，說我的頭髮很黑就像綢緞。我想，人們之所以這麼說，是因為除了這一點以外，我真的沒有其他值得誇讚的地方了……

突然，我從鏡子裡看到身後有個女孩正對我扮鬼臉——「誰！」我很惱火，除了有種被捉弄的感覺外還有被人揭穿秘密的憤怒。

我穿過二排書架，走到剛才那女孩消失的路口——沒有任何發現——正待轉身。

「嗵！嗵！——」

「啊！」

出了什麼事？我朝聲音的源頭急步走去。

眼前站著一個身著紅裙的女孩，是她——剛才那個扮鬼臉的孩子。此時女孩正望著地上的書本束手無策。

「你在做什麼？」我口氣生硬，心裡認定這女孩是個愛搗蛋的壞傢夥。

我的聲音似乎讓她嚇了一跳，她驚慌地望過來。「對、對不起。我只是想去取書。因為我不夠高，踮著腳取……那些書又太緊貼。我一用力，就……」

女孩大概十歲左右，圓圓的臉，大大的眼睛，因為眼睛大的關係，看上去離兩耳的距離很近。此刻她一臉愧疚，根本不敢和我對視，只偷偷地用眼角掃視我，這樣一來我倒不忍心去責怪她了。

我沖她笑笑：「沒關係。我幫你拿，你要哪一本？」

女孩見狀，臉上一掃陰雨，霎時變得生動明媚起來。她指著書架上方，用快活的聲音說道：「那本，對，就是那本。」

《尼采》？這個年紀的孩子讀尼采，將書遞給她時我不由地看了她一眼。

「我很喜歡他。」她似乎知道我的想法，神情愉快地說道。

「哦？是吧。」

「他生活在不屬於他的時代，所以他是悲傷的；可是，如果他生活在屬於自己的時代，人們還會不會知道尼采這個名字？」小姑娘一邊用手撫摸書的封面，一邊說。

「哦？這個嘛……這個……」不得不說，我可沒有想過這個問題，一時不知從何答起。

「我叫蘇菲。你叫什麼名字？」她抬頭望著我，雙眼明亮有神。

「……蘇菲？」這個名字讓我有些意外卻又不明所以，也許因為它只不過就是個普通的名字而已。

「你好蘇菲。我叫輝。」

「你，真的確定你是輝？你認為，你所感受到的一切，都是真實的？」

「你說什麼？」我疑惑地站在原地。

女孩轉身以極快的速度穿過書架，不見了蹤影。

霎時間，我彷若置身迷宮之中，眼前看似有很多出口，卻又根本無路可走。

「你要成為你自己，先要肯定生命，並熱愛你的命運。」隱約飄來一個聲音。面前的書架看上去在搖搖欲墜……

「輝！你怎麼了，臉色這麼難看？」

一個聲音將我由天旋地轉中拉了出來，我穩住呼吸定睛看向那人——是馬丁，他正緊張不安地看著我。我抬頭看了一眼，書架上那本《尼采》還在。可是那女孩？剛才難道是幻覺？可如此真實？這是怎麼回事？但當下，我並不想對馬丁解釋什麼。「哦，突然有點頭暈。可能是……可能是沒吃早餐的緣故。」

「什麼？沒吃早餐？」馬丁搖搖頭，一副不可思議又恍然大悟的樣子。他抬起手臂看了一眼腕表，「老天，快下午一點了，已經是午餐時間，竟然有人還沒有吃早餐。」然後把頭用力向左邊一甩，「來吧！跟我去吃點東西。」

真是太不可思議了，到底出了什麼事？我掰下一塊麵包送進嘴裡，一邊思索剛才的經歷。

「輝……其實你並不喜歡圖書館的工作是嗎？」

看著馬丁關切的眼神，我知道他是誤會了。「哦，不，其實我也說不清。嗯……也許是我還不瞭解吧。」我口齒不清地解釋道。

「那你想做什麼？」馬丁直起身，將雙手放在桌上，十指交叉緊緊相扣，用一副極其認真的表情看著我。

「我……」我掃了一眼馬丁身後的架子（那裡放著一些未上架的新書）。

「嗯——我是說，我不知道自己適不適合，嗯——或者，我能不能做好，嗯——」我聳聳肩，雙手一攤「好吧，其實我不確定……」

「或許……還有別人的看法。」

「嗯？」我困惑地看向馬丁。

馬丁倒像是完全瞭解了一般，滿意地點點頭：「通常情況下，人們會選擇看上去對的，並非理想的那個。」說完，他放下手中的咖啡杯看了我一眼。

「哦？」

「別人的看法，還有對未知的恐懼。可是，輝。」馬丁用一副『請你一定要相信這是真理』的神情，以無比堅定的語氣繼續說道：「任何人都無權去決定別人應當如何生活，包括成為怎樣的人。能夠為這些事做決定的，請你相信我，在這個世界上，只有一個人——自己。輝，你要成為你自己。」

「輝，你看看這個。下午整理時順便把它上架吧。」馬丁從架子上取過一本書遞給我。

捧著它，我疑惑地看著馬丁——你要成為你自己。我回想剛才發生的事，在心裡一遍、一遍地重複：你要成為你自己。我……自己，究竟要怎麼樣呢？

二

下午，我在成人借閱部繼續我的整理工作。

成人借閱部位於圖書館二樓。左邊是報章雜誌，右邊是一排排的書架，每一個書架上都擠滿了書。

我邊走邊將讀者隨手留在椅子、架子、桌子上的書一一拿起放進推車。

「你怎麼可以把我寫成這樣？！」

「實在可惡！讓我在那麼多人面前哭泣，讓我看上去如此脆弱不堪！你究竟是何居心？你這卑鄙小人！完全不談自己是一種甚為高貴的虛偽，而你！就是這樣一個虛偽的小人！」

「你心裡怎麼想，你想寫些什麼，和我無關。但，請你不要用別人的名義去說出那些話。我和佈雷爾絕對不是任何人的代言者……」

是誰？我停下手上的工作。

「你竟然將佈雷爾的事公佈於眾，這樣做的後果你想過沒有？」

「佈雷爾？……」我重複這個名字，推車循聲走去。

穿過一排排書架，終於，在一處靠窗的角落發現了他們——是兩位先生，年紀皆在四十開外。一位坐著，另一位則站著。我只能看到他倆的側臉，而剛才的聲音就是從站著的那位先生嘴裡發出來的。

坐著的人低著頭，面前攤著一本書，他似乎正在思索怎樣回應對方。

站立的人瘦高個，白襯衫、黑領結，一條深灰色的西褲筆挺修身。他有著濃密的鬍子，如果不開口的話，就只能看到一小部分下唇。

坐著的那位先生，穿著一件白底彩色條紋襯衫，嘴唇上的鬍子沿唇邊修剪的短而齊，而整個下巴則被花白的鬍子全部覆蓋。

「我很抱歉。」坐著的男士開了口：「您說完全不談自己是一種甚為高貴的虛偽。其實，我的作品裡有很多東西是在講我自己……如果我完全沒有這些東西，我又怎麼可能寫得出來？完成一篇作品，除了需要作者有共情的能力之外，有相當一部分也是作者的個人經歷。雖然我在作品裡並沒有以自己的名義出現，而是借助筆下的角色——比如，閣下您。但，只要是細心的讀者，他們是能夠在角色裡或多或少找到一些我的影子。所以，我不承認您說的虛偽一詞。」

「哼！你很聰明，是我低估了你。這也難怪，如果你不是這麼會為自己辨解，怎麼會有那麼多追捧者！」站著的人顯然是在嘲諷對方。

「我記得您曾說過。」坐著的人抬起頭，目光堅毅。『我們熱愛生活，並不是因為我們習慣了生活，而是因為我們習慣了愛。』正如您說的那樣，我熱愛我的工作，並不是因為我習慣了工作，而是因為我習慣了愛⋯⋯我愛那些病人。因為愛，他們從我這裡除了得到專業的醫護之外，還得到關心和尊重。所以，如果說是追捧，倒不如說，那是他們回報給我的愛來得更貼切⋯⋯」

「做這份工作，我是希望能夠幫助更多的人。但長久以來，為了做好這一切，我所背負的壓力只有我自己知道。我也曾無數次地厭倦過，我甚至一度想過逃離。但是，當我看到那些我幫助過的人，他們的臉上重新恢復笑容，回歸正常生活時，我又被激勵了。」他的雙頰因激動而開始發紅。我彷彿聽到熱血在他體內流動的聲音。

「所以，請不要將我看作瓦格納。尼采先生！我絕對不是你的病。天知道我多麼希望你能夠痊癒，能夠快樂！」

尼采先生？！他們是？我抬起左手，腕表顯示現在是二〇一八年三月三十一日，下午兩點三十分——時間沒錯——可……這、這是怎麼回事？我驚訝地張大嘴巴……

「尼采先生。您已經寫夠了這個世界，現在，讓這個世界來寫您吧。」說話間，他的雙眼煥發出煜煜的光彩。

「每個人都是孤獨的。這雖然很殘酷，卻是事實，我們得面對它。因此我希望有自己的思想和夢想，您也該有您自己的……不要把別人關在您的夢裡，也不要將自己限制在別人的夢中。認識自己，為自己而活。」

尼采低頭看著地面，似乎還在思考。

我四下張望：近處有人在看報紙，有人在看書，還有人把書攤開在面前，正打著呼嚕做著夢；遠處服務台裡的工作人員正在電腦前認真地輸入、輸出……一切，似乎都是再正常不過。可是、可是，這怎麼可能？

「你這麼一說，倒是我要感謝你了？」尼采似乎做了很大努力，緩緩抬起頭。「你錯了，先生，我絕對不會感激你。我從來不需要任何人，從不介意是否為他人所喜歡。如果為了討人喜歡而存在，不如讓我去死。」

「生命中最難的階段不是沒人懂你，而是你不懂你自己。而我，」他的臉沒有一絲血色，聲音越來越低，嘴唇明顯在顫抖。「而我，恰好是二者皆無。可以說，我的存在毫無意義……」

「不！不是那樣的！尼采先生！我可以作證，您會影響很多人，會影響這個世界。您的生命非常有意義！」我知道他們是誰了，忍不住衝口而出，心臟因為緊張而劇烈地跳動著。

半晌，兩位男士沒有任何反應。我暗自為剛才的冒失感到不安。

「……我們，似乎影響到他人了」，許久，站立的人終於開了口，我看到他正在轉身，啊——他的眼中竟閃爍著無比柔和的光芒。

我們面對面，——瞬間，整個世界都靜下來——包括我的呼吸。他沖我笑了笑，可顯然，他本人平常不太愛笑，所以笑容顯得有些生硬。

「你好，輝。」

他竟然知道我的名字。一些熱熱的東西潤濕了我的雙頰，我知道，那是我的淚水——它們在我的心海中早已蓄積已久，只在等待一個恰當的時機現身，然後，以它們的方式向這個世界獨白、宣告。

我仍舊面帶笑容，內心更加堅定：「尼采先生，您的言論將永存於世。而這當中，也有亞隆先生的一份努力。」

我的目光與坐著的那位先生相遇，我讀懂他的欣喜與快慰，他——正是歐文．亞隆。

尼采的嘴角微微牽動，喜悅中似乎又帶著淡淡的憂傷：「好吧……這個要麻煩你了。」他拿起桌上的書遞給我。

我雙手接過，低頭細看——《當尼采哭泣》，作者：歐文．亞隆——正是馬丁交給我的那本書。

待我再抬起頭時，卻驚訝地發現，面前竟空空如也。桌椅整齊地擺放著，沒有一絲動用過的痕跡。此時此刻，就連還沉甸甸地捧在我手裡的書，也變得不真實起來……

「對待生命你不妨大膽冒險一點，因為你好歹要失去它。如果這世界上真有奇跡，那只是努力的另一個名字。去吧，輝。」

三

我推開辦公室的門。

「嗨，馬丁！」

「哦，輝！你這麼早就過來了！」

「我擔心天氣不好，所以早到了。」說完這話，我突然聯想到五年前的某日。

馬丁似乎也有所覺察，我倆會心一笑。

「最近過得怎樣？」馬丁將椅子向後移開一些，扶著桌子吃力地站起來。多年不見，馬丁的體格愈發橫向發展，加上紅撲撲的雙頰，此刻他就像個聖誕老人般站在我面前。我感受到自己正身處一種親切溫暖的氛圍裡，內心有說不出的愉悅。

我聳聳肩。「還不壞。您知道去年畢業後，我又報了哲學研究。」

「對！我們的輝是個有理想而且上進的女孩。五年前我就堅信這一點。」

「哦？馬丁先生，您真是這樣認為的嗎？」我故意對馬丁眨眨眼睛露出調皮的表情，隨之，我們倆都大笑起來。

「輝。」馬丁止住笑，「知道今天為什麼讓你來嗎？」

「嗯？」我被他突然嚴肅的樣子弄得緊張起來。

他一句話也沒說，只是盯著我久久地站立著。我的頭腦裡像是接收到一種電波，那種奇異的感覺，宛如多年以前。

他似乎下了決心，對我點點頭，轉過身去，從身後的架子上取下一本書。

「親愛的輝。」馬丁雖然面帶微笑，但我分明看到他的眼中泛著淚光。

「這是屬於你的。」他雙手將書遞到我面前。

「這是？」

「很榮幸，我是第一個知道消息的人。輝，恭喜你，你成功了。」

那沉重的、帶著質感的東西，此刻被我的雙手緊緊抓住，我感受著它的重量、它的光滑……那藍綠色的封面，簡單的線條，正是我喜歡的風格。

我的雙眼最後停留在封面的文字上，我用緩慢而平靜的語調，將那些文字一個字一個字地讀出來：「圖書館裡的奇遇，作者：輝……」

註十六：文中部分人物出處：

蘇菲：出自《蘇菲的世界》，喬斯坦．賈德著

尼采：哲學家、詩人、散文家；《當尼采哭泣》一書的男主角。

歐文．亞隆：國際精神醫學大師；《當尼采哭泣》一書的作者。

生而為人[註十七]

一

兒子，考上BAND1中學就好了。兒子，考上大學就好了。兒子，找到好工作就好。兒子……

同學，你要多做習題，多努力……

同事，你要向有經驗的人多學習；你那份報告要多修改；你要再主動些；你要……

你要，你要，你要……

你們是為我好嗎？你們真的很瞭解我嗎？　可是，你們知道我到底想要什麼嗎？你們關心過我到底要什麼？對！我、我到底要什麼？

我為何而活？為什麼？錢、名譽、地位、權力……

天！我到底要什麼？

為何要生而為人！

不，我不要這樣，不要這樣一輩子。生不如死。對，不——如——死！

列車，自遠處呼嘯而來。地面在震動。我的心也隨之震顫。來了，它來了。它是為我而來，它知道我要什麼。

「啊——！」

二

經過二年的努力，我終於當上車長可以獨當一面。我沒有考上大學，只能報讀夜校。我比任何人都努力，將勤補拙。

這份工作並非我熱愛的理想，可，人總得要生活。再說，工作之餘一樣可以發展自己的興趣。說不定哪天，我會因興趣而實現人生理想！

現在是二〇一八年十月八日上午七時，我俐落地跳上駕駛室，熟練地操作起來。

車子高速在鐵軌上行駛，兩旁的景物和人影紛紛向後退去，就像我們的人生——一路向前，不會停歇……

「列車即將靠站，請乘客退至黃線外等候。」

「先生，先生——！」

出了什麼事？好像不對勁——那個人，啊！

三

「二〇一八年十月八日上午有人在粉嶺墜軌，列車一度受阻……」

第一次看到這則新聞時，我正在準備午餐吧，還是要去晾剛剛洗好的衣服呢？

它突然出現在電視畫面裡。

今天已經是二〇一八年十一月八日。算算，事情過去一個月了。

我環顧四周，現在是上班高峰期。站臺上每個人都行色匆匆；車廂內，有人打著哈欠，有的正看著手機……一切如常。

這則新聞對他們來說已是舊聞。過去的事，有幾人還會記得？對於我來說，它每天都在發生，它就發生在剛才。

昨天，我又和先生吵了一架，沒有緣由，需要緣由嗎？吵完後，我倆相擁而泣。我們不想這樣，卻總是這樣，日復一日。

我又想到他——我的兒子，他多可愛啊，他簡直就是天使。每次我推嬰兒車在街道上走過，人們總會停下，希望多看上他一眼，他也總是笑呵呵回望看向他的人——那樣的笑容，融化一切。

從何時起他不再笑？大學、中學，還是——小學？

學校、功課輔導班、興趣班……後來，興趣班去得少了，更多的是去補習班，為了升中、升大學，為了見工……

他真的很優秀，也從沒說過一句怨言。我心疼他，但是，一切都是為了他的將來。

我本以為，上了大學就好了，一切都會好起來。畢業那天他多帥氣……我看到那個愛笑的兒子又回來了。

我犧牲自己的一切來照顧家庭。我要做：好妻子、好母親、好女兒、好姐妹、好同事、好……我怎麼可以有這麼多的角色？想想，還真的很累呢。

每天，我拖著手拖車去上班，下班後又要擠菜場。早晨，在車廂裡，無數次與人推推撞撞，甚至被當成水客。周圍人投來不屑與鄙夷——好冷漠，他們都好冷漠。一切，令我感到窒息。可，只要我想到你——我的兒子，這一切就都不算什麼了。兒子，只要你幸福快樂，只要媽媽能看到你，就心滿意足。

可是……

四

「聽說那位車長現在仍在接受心理輸導。」

「這樣？唉！年輕人抗壓能力太低。」我搖搖頭。

「話不能這麼說，畢竟，經歷過那種事……」

「又不是他故意。是那個靚仔自己跳下去，怪得了哪個。」

我，今年五十多歲了，經歷過很多風雨。生活確實不易，年輕時我也苦熬過。住過鐵皮屋甚至籠屋，做過工廠，當過碼頭搬運工。四十多歲才排上公屋。現在總算供到孩子們大學畢業有了工作，眼見就要退休弄孫……

對了，那個靚仔多少歲？二十三、四？竟和我的子女差不多大呢。可惜，那樣年輕，不知他的父母怎麼想？

聽說是有工作壓力。壓力人人都有啊，要想法子讓自己放鬆。可以出去旅行；約老友行山、下棋、看球。有錢有有錢的玩法，沒錢也有沒錢的消遣。唉！人生苦短，所以才要多些嘗試，多些興趣去支撐，要學著看開。

年輕、太年輕，也許很多道理果真要到一定年紀才明白。年輕人，你的問題遲早會有答案——當然，如果你還活著的話，唉！

要進站了。我開始調整車速，按下剎車鍵，抬頭瞬間……

「不——！」

五

「二〇一八年十一月八日港鐵粉嶺站，一中年婦人墜軌，當場身亡……」

「為什麼要我看這個！」

兩天了，這些心理輔導員還拿著那天意外的報紙讓我看，可我真的不想再看，我一點也不想記起那天發生的一切。

「我知道這樣對你來說很難……但……為了你的康復，你要拿出勇氣去面對……接受它，然後放下它……」

「你不是我！你真的不明白，當時……」

「也許我能理解你……」

我抬頭看去——「你？」

一個陌生人站在我面前。他點點頭，將一杯咖啡遞了過來：「上個月，撞亡那名婦人兒子的列車，當時，正由我駕駛。」

我接過陌生人遞來的杯子，雙手感受著杯中的溫度。

六

「媽媽，看著你縱身而下的一瞬，我試圖抱住你……」

「原諒我的自私，我沒有想到結果會是這樣。我，錯了。」

如果，時間可以倒流到二〇一八年十月八日上午八時……[註十八]

註十七：創作背景：二〇一八年十月八日上午，香港地鐵粉嶺站，一男青年墮軌身亡；二〇一八年十月十日上午，香港地鐵粉嶺站一老婦墮軌身亡，現場留下一個手拖車……

註十八：創作感言：二〇一八年十月，港鐵三日二宗墜軌事件，聞之不免唏噓感慨。人生在世，人與人之間有著千絲萬縷的聯繫，你的一言一行，都會對身邊人甚至是陌生人起著一定影響，由不得你信不信。生而為人，孤身來，孤身去，每個人都會有孤獨無助之感。孤獨並不可怕，可怕的是因孤獨而生出的絕望。無論怎樣，請你不要絕望，因為你——孤獨，並不孤立。

下雨

最最親愛的局部
最最重要的現在
——夏宇《莫札特降E大調》

一

「看這天，怕是雨要來了。虹兒，快！去天臺把被子收了。」

「哎呀——誰叫你晾上去的？」她嘟囔著，極不情願地把臉在枕頭上狠狠蹭了幾下。內心抗拒，但又無法拒絕，悶悶地，拖著步子出門。

被子，沉重而紮實地生長在晾衣繩上。

她朝天看一眼——這不好好的嗎，怎麼就看出來會下雨？搞不好又是母親的伎倆，故意讓她出門走走——她窩在家快兩月了。

這城，像被什麼魔力磁鐵吸引，隨著磁鐵不斷接近，城中不斷有人被吸走。開始，她不關心；後來，她很不開心——一個月前，從小一起長大的好友青，被吸走了。她覺得自己也被吸著，可，吸走的只是她的內臟——皮囊仍在。

二

「為什麼這兒的樓都這樣矮？」

「因為這裡附近有機場，飛機會經過，所以樓不能建高。虹兒喜歡高樓？」

「嗯。我喜歡高高的，比雲還要高。」

「那麼高幹嘛？」

「摘星星！」

「哈……」

她五歲時搬來這裡。最初，她對這兒沒什麼好感，不過，很快她就發現好處——什麼聲音？她聽到一種從未聽過的聲——嗡嗡轟轟的。

「哦，是飛機。」

「飛機？」——哦，對了，母親說過附近有機場。

「對啊，飛機會從樓頂飛過。」

母親帶她去天臺看飛機。每當飛機飛過，她就揚起小手使勁揮動，蹦跳著，她想——只要自己跳得夠高，飛機上的人就能看到她。

在天臺上，她認識了青——一個大她三個月，小小臉，大眼睛，總愛把辮子梳得高高的驕傲的小女生。

那些數不清的日子，母親們邊聊著家常，邊晾曬。而她和青就說些只有她倆聽得懂的話，直到有飛機飛過。她倆不約而同跳起來揮手——兩人比著——越跳越高。

「噯噯！樓板會塌掉。」母親們笑著搖頭。

後來，她倆自己上來。天臺上有條長椅，她倆挨著躺在上面聊天，有時數星星——「一顆，兩顆……三十六！」

「不，是三十八！」

「三十六！」

「重數！」

「重數就重數！」

「一、二……」

三

那時多傻，卻多開心。她趴在圍欄上，托著腮。

天臺被無數大廈包圍。每幢大廈都有無數的窗子。那些窗子像一塊塊豆腐。她和青，猜著豆腐塊裡都住了什麼人，在做什麼。從樓下經過的小巴，像甲殼怪。每次它短暫停下，就會吐出一些人，再吞進一些。

「飛機，你坐過嗎？」「沒有。」「我也沒坐過。」於是她倆想，飛機是天上的甲殼怪。它也會短暫停下，吞些人、吐些人。可是，人，怎樣在天空等它？被它吐出的人會掉下來嗎？——一想，就好可怕。

第二天她倆把從家人那裡問到的答案說出來，倆人咯咯笑個東倒西歪。

她，完全沉浸在往日的快樂時光。

「啪！啪！啪啪啪——」毫無預警，大雨來了。她慌忙跑去抱被子。雨太大，前路被沉重的水簾封死，只好折回身，把被子搭在椅背上。

她有些懊惱，怪自己只顧回想，錯過離開的最佳時機——「唉！」

「吼吼——」風聲，如同一位急性人，不顧一切向前沖，卻一次次被什麼擋回來。透過半邊玻璃屋頂，看到的不是圓圈舞，而是水炮狠狠地炸開來——「不會裂掉吧？」

那些有著無數豆腐塊的大樓，此刻在大雨中——傾斜、扭動……環顧無人的四周，她感到一絲驚恐，可這會想離開已是無望。她嘆口氣，重新戴上耳機將音量調到最高。

我懷念有一年的夏天
一場大雨把你留在我身邊
我看著你那被淋濕的臉

還有一片樹葉貼在頭髮上面
那時我們被困在路邊
世界不過是一個小小屋簷
你說如果雨一直下到明天
我們就廝守到永遠
RAIN
FALLING IN MY HEART
RAIN
FALLING IN MY HEART[註十九]

她又想起青。可惜，物是人非。唉！心情差，連歌也欺負人……

咦？！怎麼，好涼！她伸手去抹——水？玻璃裂了？！她嚇得抬頭，又一下——「呀！」

這時，她發現幾步外有個人影，正搖晃著頭，水花飛濺——

「喂！你搞什麼！」她非常氣惱，又戴著耳機，叫出的聲特別響。那個人原本正電力十足，此時像是突然被按停，一個激靈站住——四目相對——他濕答答地滴水，她揮手拭水。

「不、不好意思」他擠出一個比哭還難看的笑，點頭、哈著腰。

「有沒有搞錯！」——她剛要沖口而出，看著他的樣子——哈、哈、巴狗，落水、抖水的哈巴狗……她腦裡把幾個畫面串在一起，撲哧一笑。

他又被按停，在那比哭還難看的笑容上多了層困惑。

她擺擺手忍住笑，低頭從包裡掏出紙巾「噂！」

「啊？！啊！謝謝啊。」他接過紙巾又點了兩下頭，哈著腰。

她急轉身背對他捂著嘴笑到眼淚水都飛出來。

紙巾因為反覆擦拭，掉下的碎屑粘在他的頭髮和眉毛上——轉過身見到這幅情景，她實在忍不住，乾脆坐在椅子上，捂著肚子大笑。稍好點，她就用手指揮他清理紙巾碎。見他木頭似的，動作笨拙得很，沒忍住又笑了好一會。

終於笑畢。她四下望望——剛才這兒明明沒有人，「這麼大雨你上來幹嘛？」

「不、不是上，是下。」

「啊？！」她瞪大眼。

他向上指指，「我，我是從上面下來。」

她看了看他左右、身後。他被盯得很不自在，也左右看看，再不解地看向她。

「雲呢？」

「雲？」

「沒雲你怎麼下來的。」

他似乎明白，露出個好看的笑，「那邊有架梯子」她順他手指方向看去——

「哦！」

天臺角落有架梯子，只有被許可的工作人員才能使用。好多年前，她和青上去過，那上面沒有圍欄，一半是水泥，一半是玻璃。那次她倆被各自的父母狠狠教訓。其實她倆事後想想也挺後怕，自那以後再沒上去過，倒把這梯子給忘了。

他把一本書放在長椅上。她好奇瞄一眼——《傘》，白底上只一個傘。那種白，久了，已開始泛黃；書頁微卷，看樣子翻得次數不少。倒是，一點沒濕。她想起看到他，雙臂捂在前胸，甩著頭。應該是將它護在胸前——是個愛書的人，她笑笑。

「你，搞維修？」

「不是。我隨便走走，沒想到剛上去沒幾步就下雨。」——其實，他上來看到她一個人在發呆，沒好意思停留，便上了梯子。

「那是專門給維修人員用的。」

他抹著後領，又尷尬一笑，「我，剛剛搬來沒幾天，不熟悉。」

哦，難怪沒見過，她點點頭。

兩個人，有一句沒半句地搭起話來。

「怎麼稱呼？」

「呃？」

「你叫什麼名字？」

「哦。雨，下雨。」

「啊？！」她咯咯咯，這人可真逗，下雨，雨、傘——　「是筆名？」

「呃？」

「我叫虹，彩虹的虹。下過你，地方都洗乾淨，就到我出場了。」

他知道她誤解了，搖搖頭，「不、不，我是夏天的夏。夏雨，不是下雨。」

「哦！哈哈哈哈——」

晚上，她向大洋彼岸的青彙報。青嚷嚷著，「好呀你！叫你一起走你不走，還以為你不捨得父母，原來是重色輕友！」

「什麼呀？！他難道不是你派來的嗎？」

「我？派來的？」

「怕我真去了搶你風頭，就派個人來迷惑我，踩著七彩祥雲搭救你……」

「哈！真有你的，這樣你就心安理得吧！」

一個枕頭隔屏飛來。

四

天臺上，曾經日日可見的兩個身影，有一天突然不見了。可誰又知道，一個多月後，又再出現兩個身影。

她，恢復了往昔笑容。像以前一樣日日去天臺。兩個人並沒有約，但每次總會見面。她向他介紹這檣樓，和所有在天臺上能夠望到的地方，就像當年青告訴她一樣。

她還將和青在天臺這麼多年的事，說給他聽，每次都引得他直發笑。

「其實你笑起來蠻好看的。」

「嗯？」

「啊！沒什麼。我說，那兒有個公園開滿花蠻好看的。」

「哦？哦！改天，去看看，一起？」

「嗯！好，一起。」

如果日子就這樣一天天過去，也不錯——她這樣想。雖然她還是想念和青在一起的時光。現在，每天晚上她會和青視頻，然後，有他一起在天臺。好像她沒有失去什麼，反倒多了位朋友，想到這，她愉快極了。

他會讀詩給她聽，分享自己的新作。她邊聽邊悄悄往嘴裡塞塊糖，或喝口最愛的果肉果汁。詩，寫的什麼？每次，他問起她意見，她攪動腦海，泛起的是新鮮檸檬果肉的酸甜清香。

「你也寫吧。」

「啊？！」一個意外，果肉沒嚼爛就掉進胃裡。

「我，我不會。詩太難寫了！」——這人，是拉我下水嗎，以後就好交流——詩？！我才不會上當！

「不難。你要多讀，多看。」

「算啦，」她擺手，「看得眼花，也認不出幾首。」

「嗯——這樣。我們有個詩社，疫情期間改為ZOO上分享，你可以旁聽。」

「哦，有幾個人哪？」她捏起一塊魚乾，漫不經意地問。

「一百多個人吧。」

「哇！熱鬧！」她在腦裡想像一百多人同時在線的情形——人來瘋完勝——急不可待地央他幫自己加入詩社群，早忘記什麼可能的「陰謀論」。

與沖沖告別後，她兩階一步蹦下樓梯。剛走到家門口，正巧遇見準備外出的母親。

「咦？媽，您出去？」

「哦，阿祥婆要走，我去看看她。」

「阿祥婆？坐在輪椅上那個嗎？她要去哪？」

「去護老院。家人移民，老人家年紀大，不想離開出生地，又沒人照顧……」

「那，那娟姐不是要結婚嗎？去那邊結？」她想起阿祥婆的孫女。

才走出兩步的母親停下，搖頭，「結什麼。男方不肯走，散了。唉！」

想著佝僂著腰背坐在輪椅上，卻笑容可親的阿婆；幾次在樓下撞見，原本甜蜜相偎，一望見熟人，馬上鬆手彈開的小情侶……多美好的畫面！

隨著母親消失在樓道口的背影，她知道，那些畫面也已走遠。

五

疫情持續。暑假開學後，學校維持半日課。她仍會每天去天臺，一個月一次上

ZOO旁聽——對，真的只是旁聽，不用說話，哈哈。有一次，有人提了個問題，說是交女友後，人一開心就寫不出詩怎麼辦。

她一愣，然後聽到導師鄭重的聲音：這個極有可能。所謂，國家不幸，詩家幸……，接著，沉寂的ZOO沸騰了——相師、星座師、戀愛大神……紛紛現身，詩人們果然各個身懷絕藝啊，難得一見——哈哈哈哈！隔著屏，她滑到地板上，等她笑完再上線，發現她早被主持請出——詩會已結束。

還有一次，有人回憶疫前出遊，為異地美景美食寫了一系列的詩。她咽下還帶著檸檬蜜的口水，兩眼發光——靈感砸過來了！

她揮手而就，一口氣寫了七首。越看越興奮，複製貼去給他。

好久，沒見回覆。她發去詢問，對方拍了照過來——地上，書啊光碟啊什麼的狼藉一片。

「你，整理？」

「不，不是。」

「那——」

「剛剛，拜讀大作時，沒站穩。」

連續三天她都沒去天臺，也不回覆他發來的消息。直到第三天晚上，她自己憋不住發了消息去——為了找個臺階，表情是紅色，代表——仍然憤怒。

六

那天，她一上天臺就看到他正望著某處出神。循著他的目光——飛機、隱約雙白線、大海。當有貨輪沉重地駛過時，像在把一條藍色大魚剖開，白色油膩的脂肪向兩側翻滾……更吃驚是——他在抽菸——她從不知道他是抽菸的，不過，也很正常吧。

他沒聽到她上來。她走過去，抬手揮揮，沒反應；她側身探頭再揮，動作極誇張。他微微轉過來，臉上，除了不笑時的嚴肅，還有——憂鬱。

「嗨——」

他點下頭，深吸一口，吐出一個個圓。她立刻有種想伸出手指穿透圓圈的衝動——好像不太合適，她忍下念頭，安靜地站在一旁。

「今天去機場送朋友。」他終於開口。

哦。原來如此。那些脹飽的圓圈，被風吹得變了形——扭曲、拉長，然後消失……

「我們是一個詩社的。中學也在同一間學校，還有……」

「還有，那些年一起追過的女孩！」——圓圈又脹起來，她興奮著。

他看看她，好像沒聽明白。輪到她尷尬，「我，我只是，想，想放鬆一點。」

「哦？哦。」他點點頭，菸灰差點燒到手指。

她不知道說什麼。沉默好久——「其實，會有機會見面。而且，而且，會有新朋友，嗯。」她聲音很輕，不像說給他聽，倒像只是說給自己聽。

「我們，為什麼總是飄來飄去。」他仰望天空。

她沒答。想到青，想到阿祥婆一家，她內心重複：我們，為什麼總是飄來飄去。

太陽滑至一半，城市上空呈現一片紫色——美，真美，但又——她說不上，要怎樣形容呢？——迷惑？綺麗？淒離？怪誕？……這讓她很不安。她努力放輕鬆——「來，作首詩來聽聽吧。」

他側過頭看她。

「怎麼啦？你不是詩人嗎？而且，而且詩人不是最喜歡以詩祝友遠行？你看，再加上眼前的景緻——此情此景，啊！這意境，不作首詩來豈不可惜。」越說越興奮，她完全忘記不快，完全陶醉在快樂裡，「不用怕啊，你就大膽地作。我，保證不會笑你。嘿，嘿，其實，反正我也聽不懂。」

她歪著頭，笑著等。

「你，能不能正經點？」

「嗯？」

「能好好說話嗎？」

「怎麼啦？我怎麼就不好好說話啦？」

「你這樣叫好好說話？」他的眼圈紅紅的。

看到他認真生氣的樣子，她委屈極了。她剛要開口解釋，他搖搖頭，「算啦！」扭頭大步離開。

她努力掩飾的不安、憂傷，一下子全部跳出——「什麼正經！正什麼經！你不覺得整個世界都 TMD 很弔詭嗎？」她喊出這句，淚也奔湧。

他聞言停下，「對不起。虹，你很快樂。我，和你不同……」

「什麼不同？！」

「我，無法快樂。見到這樣……」

「先天下之憂而憂，後天下之樂而樂。你說的大概是這個意思吧？！你認為我什麼都不懂，我膚淺，我沒心沒肺對吧？！」

他怔怔，嘴張了張又合起。

「你以為只有你懂，只有你明白。地球離了你就不轉……你不要忘記生活本身！還有人——人，才最重要！」她一口氣把家人和朋友勸自己的話全部拋出。

七

難道，一切都是註定？

五個好友，兩個月內送走三個，另一個也在計劃……他，一周前也離開城，去了一個到現在她也難以一開口便叫得出名字的地方。現在，只有她了。

城，似乎沒有改變。小巴，仍在吞著吐著；飛機，因為疫情放緩的關係，逐漸增多；夏天的雨，仍會不期而至；附近似乎多了幾處新樓盤在施工……她保留了那個習慣，仍會去天臺，特別在下雨天。

她愛在下雨時抬頭看雨在頭頂玻璃上畫圈、跳舞……有時伸出手，雨，會跳到她手上，一滴一滴。待手心裝滿，一些會由指縫跌下，一些，沿著手臂滑落——

RAIN
FALLING IN MY HEART
RAIN
FALLING IN MY HEART
你的聲音仍然深印我心田
世界改變你也改變
我在海角天邊
RAIN
FALLING IN MY HEART
RAIN

FALLING IN MY HEART

RAIN……

八

「人，不知道為什麼，大了，失望很多，思念很長……《城中雨季》，作者：檸檬，更新率百分之八十」

她敲下一行字，揉了揉眼——有沒有搞錯，怎麼掉粉……什麼？！哇！這些人都在說什麼？

她再揉下眼睛——時間顯示早晨八點——啊！

她扯過毛衣，從領子裡把頭鑽出來，跳下床，麻利地套上褲子，取過外套、圍巾、手套——這身行頭讓她覺得自己是一隻寄居蟹，日日橫行霸道——哈，在寄居國橫行霸道，還真是會自我找樂呢。

拉開大門，涼風撲倒在臉上——全身冷顫。每到這個時候，她就想起家人——為什麼把我送到這地方？！Y國的氣溫對於自小在南方長大的她，簡直是折磨——兩年了，至今仍未適應這裡的冬天。

她想起離開城的那天。她死活不肯。爸媽差不多是把她塞上汽車。結果，到了機場，哭得像要被拉去屠房待宰的，卻不是她。

她明白爸媽苦心，誰也不知道城的明天。在不知道什麼的情況下，做點什麼似乎是必須，比如——離開。

她咬住嘴唇，搶過登機卡頭也不回。待落坐，她趴在前座靠背上痛哭，直到空姐拿來紙巾和毛毯。

她從未想過會離開城，這個自小長大的地方，有多少的回憶啊。她知道一旦離開，便不一樣了，即使再回來也是不一樣了。回憶，是用每一分每一秒的共同經歷織就的。而現在的自己和城，如同連體嬰做了分離術，從此，各歸各。

這會，手術正在進行，麻醉藥不頂用，她痛到在毛毯裡發抖。

她不想斷得那樣徹底，想盡辦法和城牽扯上關係。她在城的網上，開了部落格，記日記、寫小說——她是風箏，網是線，連接著那頭的大地。

《城中雨季》是她正連載中的長篇小說。她第一次寫長篇，真有些吃力，特別是結局，應該怎樣？——虹，留下，還是離開？夏雨，會怎樣？城呢？……她頭腦裡有好幾個版本，粉絲們也提出不少建議——完美？哪有那麼多完美；苦情？還嫌不夠？——她沒想好，一直拖著未更新。粉絲氣惱她，有些竟斷粉而去。

哼！太可氣！能不能讓人認真寫點東西啊？！她用力一甩——

「啊——」

「啪！」

怎麼啦？她循聲回過頭——身後，有個人捂著臉，看上去甚是痛苦。她莫名其妙，怎麼了？——啊——她、她的頭髮。她大張嘴巴，緊張地說不出話。然後，她似乎發現什麼，那人的腳邊——

一本白色的，什麼。

註十九：文中歌詞出自由許常德作詞的《Rain》。

老友記——嗨，小芳！

我的老友名叫芳。嗯，如果你聽過歌手李春波演唱的那首《小芳》就可以迅速腦補她的形象。對，她就是「長得好看又善良，一雙美麗的大眼睛，辮子粗又長」的小芳姑娘。

每次回想與芳的點滴過往，我就會在心底哼唱這首歌，任思緒之舟劃過記憶的長河……

初識芳，是在高中報到日。彼時，大家互不相識。報到結束後，五六個人一起走著，不過說些你家住哪裡，以前在哪上中學，云云。這時，有同學提議去買筆記簿，眾人紛紛說好。那天，我身上沒帶半毛錢，我不好意思地在人群中發出細細一聲，「我今天沒帶錢，改天再……」誰知話音未落前面突然響起一個堅定、響亮的聲音——「我借你！」——對，這個人就是芳。她辮尾一擺，回頭看向我。

那一刻，我對這個第一次見面就肯借錢給人家的女孩產生了興趣和好感。

很快，我和芳就成為一對無話不說的好友。每天，一起上學一起放學。週末和假期，我常到芳家裡去玩。

芳有二個弟弟，她是家裡的老大。打小，她就開始幫母親操持家務。當我第一次看到抹布在她手裡靈巧舞動的樣子時，我驚訝極了。還有一次，芳剛剛買了東西回來。她讓我坐下等她，然後進房取出一個小本子，「這是我的帳本。我媽他們一給我錢，我就記下來，我買了什麼也會記下來。每個月末看看錢都花在哪裡了，再算算結餘情況……」一邊說，一邊在本子上一筆一劃地寫著。這一幕，再次驚到我，腦袋裡也隨即生出一個大大的驚嘆號。

多年後，每每聽到理財大師傳授如何理財時，我就一副不屑，「切，這有什麼，我們家小芳可是早就已經這麼做了。」然後內心膜拜之情再度升級。

芳，偶爾也會犯點小迷糊。有一次，我向她提到我中三時寫了篇作文代表班級去市裡參賽，沒有拿到獎。但班主任覺得我寫得好，我自己也覺得好。芳一聽，立馬說，「給我看看！」待我拿給她看了後，「呀！輝，我說句心裡話，你寫得真好！你投稿吧。條條大路通羅馬，咱又不缺那一家，徵稿的地兒多了去了。」

見我猶豫，想我應是經過打擊開始懷疑自我了吧，不免同情憐惜，語速放緩，「這個交給我吧。我去幫你買信封和郵票，幫你寄。」

看她滿腔熱誠的樣子，那一刻我也被「煽動」了，繼而，默許了。

之後，久久不見動靜。我又不想承認自己對那件事還是蠻在乎的。就這樣內心在煎熬中拖了很久。最終，我實在憋不住向芳提及此事。

「噯呀！」——她的臉登時寫滿驚恐。聽完她後面的話，我臉上寫的是——絕望。

「我，我，我好像忘記寄了。」

有一年，校園裡流行起交「筆友」。認識的不認識的，互通書信。最好對方還要是跨市、跨省、跨越千山萬水的。別人若問起交的筆友是哪的，一說出地名——「咦？這地方沒聽過」——特別牛！

芳，交了五個筆友。外表內斂如她，沒人會相信這事。而芳也無需向誰解釋說明。因為，她交筆友這事，除了她自己，知道的就只有我了。

筆友一來信，芳就會特別慎重。她總是先認真回信，再草草地趕作業。每次看到在一旁埋頭斟字酌句的芳，我就想對她說：「芳，我說真心話啊，以你這態度去學習，北大、清華進之綽綽有餘。」

「水至清無魚，人至清無友啊。」芳語重心長感歎道。

好吧，在這大環境、小氛圍的影響下，我也一腳蹚進渾水中，做起了「弄潮兒」。

一次，我對芳說，有個筆友問我要相片，「……不太好吧？」

「那有什麼，給他唄。」

在我猶豫不決間，芳忙活開了。她到我家幫我找衣服，拉著我去照相館拍照。親自指導拍照姿勢以及道具、佈景的擺放……待相片曬好，再負責挑選、郵寄。

我原本不安的心，經她這樣一來二去，竟變得平靜起來。於是，她讓我幹啥我都乖乖配合。配合完之後，我便退至一旁饒有興味地觀察芳的舉動，心裡不由地思量著事態的發展——既期待又忐忑。有那麼一刻，我有種她是我媽的錯覺——「我媽」為了把我這個「老姑娘」嫁出去，正在盡心盡力操辦著。

後來，對方來信，「景美、衣美、姿勢優美……就是，就是人臉怎麼有點模糊不清？」

原本正聚精會神聽我彙報進展的芳，一個激靈，挺直了腰。

「嗯？……」第六感告訴我此事不妙。

芳明顯開始慌亂了，直挺的腰迅速向後縮回。

「唉！……其實吧，這個事，我，咳、咳。我就是想著那人看到相片啥反應。可能，你們就美好了。結果吧，我一樂，剛剛喝進去的一口水就噴了。」芳哭喪著臉，「我已經用最快的速度拿紙巾去吸，可是，可是……特別是臉那裡，就。我又不好意思問你再要一張……」突然，芳話鋒一轉，「這人也夠矯情的！他到底想怎樣？！」

「他以為我是哭著回的信，所以特感動。讓我不要急，假期會過來一聚。」

「哈？還真是，哈哈哈……」

回想高中時代，最美好的一段時光正是和芳一起共度的日子。她的從容淡定、堅強善良，是那個時期最閃光的存在，一直溫暖著我。

有天放學，芳說想和我聊聊。我們來到一處僻靜的地方。一路上，芳沉默著什麼話也沒說，只是低頭走路——她這是怎麼了？

坐定。芳久久不語。我接收到一種不祥的電波。我也安安靜靜地坐著，一動也不敢動。

終於，她幽怨地開了口：「我也不知道我這輩子能不能交到男朋友。」

呃？

「我們家，我父母都不胖。我弟他倆也不胖。不知道為什麼，我這麼胖。很可能是隔代遺傳……」

抽了一下鼻子，她繼續道，「我就覺得吧，沒有人會喜歡我……」

又是一段長長的沉默。在這長長的沉默裡，我突然意識到，作為芳的朋友我是多麼不稱職。總以為，堅強如她，淡定如她。芳，是絕對不需要別人去安慰的自癒性極強的物種。

我在內心感受著她的苦痛，沉吟著該如何去答才好。我想說：你不是胖，只是豐滿而已，而且還蠻可愛的；還有，如果那個男人是因為外在才看上你，那根本就不值得愛；還有，我們現在還沒畢業，當以學業為重……種種這些，都是極普通的老生常談，對芳，並沒有什麼說服力。

思來想去，我看著她，鄭重答道：「芳，如果你真是這樣想的話，那麼，假如有一天，有個男孩喜歡上了這樣的你，那他一定是真愛。」

一切天註定，芳，終歸是找到了那個愛她、懂她的人。

畢業後，我去了另一座城市。我和芳再不能常常見面，也沒有時時上網聊天，甚至連我發在微信朋友圈裡的東西，她也極少回應、點讚。

可是，無論我們相隔多遠，無論我們分別多久。當我們再聚首時，不需要握手、不需要擁抱，只要面對面彼此相視一笑，世界，便明媚了。

藍魚兒傳——雪花那樣涼

一

五歲那年，魚兒隨父親上魔魚島送魚。一時貪玩，在父親他們裝卸時，魚兒一人跑進了島上的桃花林。

時值桃花盛開的季節，那片桃林如花海般一路延伸至天際……一陣風吹來，花朵與枝葉輕輕擺動，像是在和魚兒打招呼；被風吹落的花瓣緩緩自半空飄下，似欲將魚兒整個攬入懷中。

「好美啊！」魚兒仰著小腦袋看著那一張張笑臉——它們對她笑，她也對它們笑。從她的高度望上去，整個天空像是一塊繡滿了鮮花的花布，漂亮極了。

魚兒只顧看花，沒留意腳下的路，她被一塊石頭絆倒，整個人向前跌下去——強烈的疼痛自膝蓋傳來，她哭喊著：「阿爸，阿爸！——」許久沒人回應，魚兒這時才發現自己已經走出很遠。她怕極了，哭得更加大聲。

「小妹妹，你怎麼了？」

這一聲，如同天外來音，將魚兒的恐懼掃去大半。魚兒揉著淚眼抬頭望去，面前站著一位小哥哥。小哥哥，大約八九歲年紀，一襲白色長衫，面如溫玉，目似清泉——那汪清泉，此刻正對著自己閃閃發光。

「我、我——」

「是摔著了嗎？」

「嗯！」魚兒委屈得撇撇嘴。

小哥哥俯下身，仔細察看她的傷勢，然後沖她一笑：「還好，只是一點點擦傷，你隨我去擦些藥就好了。」

「來！」小哥哥伸出一隻手來，魚兒抓住它，他握緊、用力拉起魚兒——這一動卻扯到傷口——「呀，好疼啊！」魚兒又大哭起來。

小哥哥見狀有些窘迫，紅著臉，低頭看看哭泣的魚兒，又抬頭左右望望。他走到一棵樹下，回來時手上拈著一枝桃花。他把花遞到魚兒面前，「喜歡嗎？」

哇，好美啊！剛才就是太渴望把它看個仔細，自己才會跌倒。

「送給你。」

魚兒破涕為笑，小心翼翼地接過花。她主動伸出另一隻手牽住他——小哥哥的手好溫暖，但是……

「哥哥，你的手？」

「嗯？哦，你是指那些繭嗎？那是每日訓練磨出來的。」

「訓練？……魚兒也能訓練嗎？」

小哥哥看了一眼魚兒稚氣又認真的臉，不禁笑起來，「再過幾年吧，你現在還太小。」

十二歲，魚兒再次來到這座島上，再次見到那位哥哥。魚兒一眼便認出他來，可是，他卻沒有認出魚兒。

不過，又有什麼關係，只要能夠天天見面就好。

二

鹹蛋黃一樣的落日，一小半已掉進海裡，大半還留在空中。魚兒想，是不是因為吃鹹蛋吃得太多了，所以海水才那麼鹹。這樣說來，大海也是個貪吃鬼，肚子裡裝滿各種魚蝦還嫌不夠，還要到天空去找吃的。

還差幾個月，魚兒就滿十四了。不知不覺，她由墨魚村來到魔魚島，已有二年光景。此刻，魚兒正安靜地坐在海邊一塊礁石上眺望大海——神情專注、唇角含笑……

遠處，一個黑點正一點一點地放大。待它靠近，那黑點竟變成一張年輕男子俊美的臉。男子伸出手臂向魚兒揮動——落日，將他的頭髮染上一層金色的光芒；海面，猶如一襲華麗的袍子拖在他的身後。

魚兒揮手回應：「三哥！——」

時間差不多了。她起身，一手抱著魚三的衣物，一手提起裙擺自礁石上下來。

海裡那人——魚三，正是當年的小哥哥。自魚兒十二歲那年起，他成了魚兒的師哥。

魚三每天傍晚都要在海裡游上一會，魚兒就坐著等他。對她來說，這個時候的魔魚島是最安靜最美的。她常想，如果時間能在這一刻靜止，她就是世上最幸福的人。

「快些穿，小心著涼。」魚兒幫魚三披上袍子。

「魚兒，你總說自己最愛做一條在大海裡自由自在游來游去的小魚兒，為什麼從不見你下去游呢？」魚三一邊繫著帶子一邊問道。

「嗯——因為我不會游。」其實魚兒想說的是，比起游泳，她更喜歡靜靜地坐在那裡看著他在海裡游泳的樣子。

「不會？你們漁家的孩子不是從小就要學習游泳嗎？」

「那是人家膽子小學不會嘛。」

「膽子小？！你藍魚兒天不怕地不怕的還會怕水？」魚三用手指去點魚兒的眉心，魚兒頭一偏，躲開了。她向前跑去，「來，這次你可追不到我喲！」

海灘上生出一串咯咯咯的笑聲和二行腳印……

一滴冰涼打在魚兒臉上——「下雨了。」正說著，雨水竟開始成片落下。

「不怕、不怕，來，魚兒過來。」魚三將自己的袍子解下撐在頭頂。魚兒遲疑了一下，便鑽了進去。她抬頭看去，頭頂，是魚三為她撐住的一片天，雖然不大，但這是屬於他們倆人的，這樣就足夠了。

身上很快被淋濕，但是魚兒一點也不介意。她甚至覺得，整個世界就是一片海，現在，她和魚三正一同在海中暢遊……

她倒是希望，雨，就這樣一直下下去。

三

房中。

「……你倆可真行，那麼大的雨也不知道找地兒避一避。快喝！病了可就不好了。」

「啊——嚏！」

「謝謝你啊靈芝。」魚兒揉揉鼻子唔噥著。

靈芝白了魚兒一眼，「話說回來，魚兒，你們，到底怎麼樣了？」

「什麼怎麼樣了？」

「那——你們每天在做什麼？」

「三哥游泳，我在岸上等他嘍。」

「然後呢？」

「然後，然後就一起回來嘍。」

靈芝不可思議地看著她，「魚兒，你的意思是，他到現在都不知道你喜歡他？」

魚兒搖搖頭，「不過，我相信有一天他一定會記起我，到了那天，我就會告訴他。」

「不行！不行的！魚兒，喜歡一個人一定要第一時間就讓他知道。萬一哪天被人搶先表白，人可就不是你的了。」

魚兒恍惚著：五歲時，魚三為她擦藥，他的眉頭微皺，神情小心謹慎，邊擦邊輕輕吹著氣。那涼絲絲的風，把傷口的痛也吹走了——這個小哥哥可真好啊，魚兒打心眼裡喜歡他。當她離開魔魚島時竟有些不捨。

「魔魚島專門訓練武士，世代保衛附近的漁村免受海盜侵襲……」自她打聽到這消息，便日日勤加練習。她央求父親將她送到島上。

「女兒家，習什麼武？」

她沒有放棄。也許是因著她的堅持，也許是父母乏於與她糾纏，十二歲那年，父母終於應允。

她，藍魚兒，費盡心血來到這裡，來到他的身邊……有一天，三哥會不要魚兒嗎？

四

清晨。

「魚兒，你好點沒？」靈芝伸手到魚兒額前一探——熱，似乎退了些。

魚兒緩緩睜開眼睛，有氣無力地應道：「嗯，我沒事。」

「你再多睡會兒，我去摘些桃花回來給你。」

「桃花？」

「是啊。島上的桃花開了，剛才師姐她們正說要去桃林……」

魚兒聽罷一把把被子掀開，跳下床，抓起衣裙胡亂地就往身上套。

「你做什麼？」

「去桃林啊！」

「可是，你的身體？」

「我沒事！靈芝，我這身體硬實著呢，這點小問題算不得什麼。」

「你？」

「行了，別再你了，快、快！」

初春的清晨，空氣中仍是十分清冷。魔魚島四面環海，海風，正從四面八方吹來。魚兒拉緊身上的袍子。她顧不得身後的靈芝，急切地向前張望，尋找那個身影。

他果然來了。

「三哥、三哥，等等我！」魚三聞聲回過頭來，向她揮了揮手，並未停下，只略略放慢腳步。

魚兒追上時已是氣喘吁吁：「三、三哥，昨晚你沒事吧？」

「沒事。」魚三看了眼魚兒，「咦？你的臉怎麼這麼紅？病了嗎？」

「哦，可能是跑得太急吧。沒事、沒事。」魚兒可不想有任何意外影響今天賞花的心情，再說她更不想讓魚三為她擔心。

桃林。

「哇，真美！」

眼前的桃林，看上去比當年更大、更美。那些花兒是認得魚兒的，一個個在枝頭對著她笑，爭著向她揮手，然後一路歡快地向前跑去，一直跑向遙遠的天邊……

魚兒覺得自己正用五歲孩童的眼睛看著眼前的一切。她不時偷偷瞄一眼魚三，她一直等待著，她希望他能夠像自己一樣，用當年的眼睛去看身邊人——她在等待他走近。

「……村南無限桃花發，唯我多情獨自來。日暮風吹紅滿地，無人解惜為誰開。」[註二十]

有人在吟詩，是誰？魚兒察覺身邊那人的步子遲疑了一下，然後朝著一個方向走去——他要去哪？

魚兒跟在魚三身後。她輕輕喚了幾聲，他竟不知回應。

他走路的步子雖急卻那樣輕。似乎有什麼寶物，他已找尋很久，現在，寶物近在眼前，需要他小心地靠近。

「阿雅——」

「阿雅？」魚兒從魚三的背後望去，依稀看到，一年輕女子正立於一株桃樹前。女子聽到喊聲抬頭望過來。

魚三快步上前，「幾時到的？你……」話沒說完卻咳了幾聲。

「你怎麼了？」那位叫阿雅的女子關切地問道。看上去他們像是很熟悉——魚兒討厭自己的這種想法。

「沒事、沒事。昨天被雨淋了一下，有幾聲咳。」

「怎麼還是這樣不會照顧自己。」女子嗔怪道。

這時，女子看到魚三背後似乎有個人在打量自己，於是也向那邊望去。魚三見狀這才想起，忙側過身，「哦，魚兒。這位是阿雅姑娘，她是非白師傅的妹妹。」

阿雅微微點頭向魚兒所在的方向笑了笑，「我昨晚才到，今早又趕著來看桃花，所以還沒得空去找你們……」

魚兒搞不清，阿雅這番話究竟是在對自己說，還是只對魚三一人說，一時間她不知是否應當回應。

「我們去那邊看看吧。」阿雅提議道。

「好！」魚三的聲音裡透著幸福快樂的味道，魚兒聞得到。

似乎並沒有人問魚兒，也許，那個「我們」也包括了魚兒。魚兒自己也說不準她是否應當跟隨他們前往。她呆呆立在原地。

他們才走出二步，魚三又咳了幾聲。這時，魚兒突然想起什麼似的，「三哥，在這裡等我一下。我很快回來。」說完，轉身就跑。

「喂！你做什麼？你……」看著頭也不回的身影，魚三搖搖頭，「這個魚兒，做事總是沒頭沒腦。」

「人家還是個孩子。」阿雅笑道——此刻，在魚三的眼中，這一笑，令世間萬般瞬間失了顏色。

魚兒努力地奔跑著。她顧不上自己身體的不適，她的心裡只有一件事：不能讓魚三有事。魚三每一聲咳，都像是有人拿把小錘敲擊在魚兒心上，讓魚兒心疼不已。

都怪自己，昨天為什麼要鑽進他的袍子，否則他不會這樣。三哥，我不會讓你生病，魚兒不會讓你有事。

這條路怎麼這麼長？要多久才能回到住處？——多一秒魚三就多受一秒的罪，魚兒恨不得生出翅膀……

迎面走來一人——是四兒師兄。

有了，魚兒直直沖向那人。來人一怔停了下來，未待開口，只覺繫在頸部的繩子一鬆，再一拉扯。

「四哥，對不起，借來一用啊！」

那陣風——突然向自己吹來的風，頃刻間走了，還帶走了他的袍子。看著魚兒遠去的身影，廖四兒立在原地，一動未動。

袍子上還有主人暖暖的體溫，魚兒將它緊緊捂在懷裡，心裡喜滋滋的——這樣暖著，三哥穿的時候就不會冷了。

腳下的路凹凸不平。有一次，魚兒摔了一跤。她全力護住手裡的袍子，半邊身體就那樣僵直倒下，那撞擊力令她的心臟都快跳了出來。她齜牙咧嘴地從地上爬起，顧不上拍打身上的塵土，接著繼續跑。

「三哥、三哥、三——」，當她來到剛剛和魚三他們分開的地方，卻不見人——他們去哪了？

魚兒焦急地在林中尋找。「三哥，你到底在哪？三哥，不要丟下魚兒，三……」

一叢花枝後人影時隱時現，是他，是魚三。魚兒快步走去，「三——」正欲喊出口，卻聽得咯咯的笑聲……白色衣袖下伸出一隻手，攀上最高的枝，摘下上面最美最豔的一朵。

那花與枝分離的聲音，刺得魚兒眼睛和耳朵生疼、生疼。

「喜歡嗎？」

「嗯。」

「送你。」

魚兒將懷裡的袍子越捂越緊。那女子沒有伸手去接，微微低下頭。執花的手，將花插上女子的髮髻。女子含羞的面容在陽光下，宛如一朵怒放的紅梅。

「三哥、魚三……」袍子，自魚兒手中滑落，魚兒覺得自己身上的溫度也被這袍子一道帶走了。

一對年輕男女牽手穿過桃花林，笑聲與花瓣在林中一同飄舞、迴旋。

魚兒轉過身，蹣跚著走出桃林。

不知何時，天空飄起雪來。魚兒面前純白一片——無花只有寒，與身後的桃林，恰似兩個世界。

她伸出一隻手去觸碰那白。一片雪花在她的掌心漸漸消融，化作一顆水珠，如淚——由指尖墜落。

「——原來，雪花那樣涼。」

註二十：「村南無限桃花發，唯我多情獨自來。日暮風吹紅滿地，無人解惜為誰開。」出自：〔唐〕白居易《下邽莊南桃花》。

愛上了你[註二十一]

一

辦公室裡，一陣急促的電話鈴響起。

我伸手拎起聽筒——喂字未出口，對方刺耳尖銳的聲浪已硬生生刺入我的耳膜——

「喂——喂——是紅雨嗎？我是你媽！」

坐在對面的小許詫異地瞄了我一眼，再迅速低下頭繼續敲擊鍵盤。

我輕咳了一聲，將椅子向後挪了挪——「是我。媽，您找我有事？」「紅雨，是這樣的，你二姨單位新來了個醫生。你二姨吧，覺得這小夥人不錯……」

老天！又來了。我雙眉一緊，心下感到一陣厭煩。隔著電話，母親看不到我的表情，自顧自繼續道：「雖然人家現在只是實習生，可領導對他很是器重，日後肯定前途無量……」

「噯呀！媽！我自己的事自己，」

「我跟你說，這回你一定要聽……」

我咬了咬嘴唇，「媽，我要開會了啊，回頭再說。」

「噯！紅……」

沒等她說完，我已將電話扣上，順勢往椅背上一靠，長長地吐出一口氣。

「哈哈哈哈——」小許終於放聲大笑起來。我狠狠地瞪了她一眼。

她伸出一隻手捂住嘴巴——想忍又忍不住，把淚水都憋了出來。「對、對不起啊，紅雨姐。」她沖我擺擺手，扯過一張紙巾按在眼上去吸那些飆出來的淚水，「這週阿姨都打三回了。我，想忍也忍不住嘛。」

「噯？紅雨姐，你，到底喜歡什麼樣的人啊？」

「我？」我沉吟著，「其實，我也不知道。嗯——，我想吧，只有遇見了才知道吧。」

「那你——」小許坐直身子興奮得兩眼放光，「我知道了，你是想要一見鍾情！」

「一見鍾情？」我點點頭，又搖搖頭，「或許吧。總之，我是不喜歡相親這類的，我希望是自然而然地遇見，然後轟轟烈烈地愛一場。我一直相信，茫茫人海，在某個角落，一定會有另一半在等著我。也許——」

「幸福就在下一個轉角？」

「嗯、嗯、嗯！」我小雞啄米似地點著頭。

「紅雨姐，」小許突然變得嚴肅起來，「我算是知道你的駐顏術了。」

「嗯？」

「童心啊！」她搖搖頭，「紅雨姐，說白點，你這就是幼稚。難怪阿姨她們……」

我強壓著心頭怒火，猛然站起身，「好！咱倆有代溝。不聊了，幹活！」我抱起一摞文件，在小許驚嚇的注視下，大步跨出辦公室。

影印間沒人。我徑直走到窗前，深深地吸了一口氣。望著窗外熙熙攘攘的街頭，我陷入沉思：一見鍾情、一見鍾情，難道我還在相信一見鍾情？真的有一見鍾情嗎？我仍未死心？夏紅雨啊、夏紅雨，你，到底還是忘不了他啊。

二

幾個月前。

下班時間，我一邊在等待過馬路，一邊在思索：這條路我走了多久？這個點，出現在這裡的人是一天之中最多的吧？也許，我和他們已經彼此擦肩而過很多次，可，即便同在一座寫字樓，就算是常常相遇，也不能算是相識；即使是同事之間，除了工作之事和午餐時的閒聊，又有幾人能真正走進我的生命？

突然，一絲冰涼打在我臉上——不知何時，空中飄起雨來。備了傘的慌忙低頭去包裡掏傘；大部份則和我一樣繼續站在原地，神情漠然。

交通燈轉成綠色。我本能地抬腳向前，就在這時，我看到了你——一個打著灰色雨傘的大男孩。

你，正從馬路對面走來——一身深藍，脖子上圍著一條橙色圍巾；左手抱書，右手撐傘，臉上，帶著似有若無的微笑。

我有種錯覺，你，是向我走來；你，在對我微笑——霎時間，所有的場景都向你身後隱去，整個世界也靜下來——只有你，在動。

你胸前的那抹橙，跳躍著陽光般的光暈。隨著你的身影越來越近、越來越近，那光暈竟跳到我的身上、臉上。我木偶般地走著，除了心跳，連呼吸似乎都已停滯。

我們終於擦肩而過。只短短一瞬，所有的場景恢復如初。人群，像是從泥土裡鑽出來的毛毛蟲，在路上蠕動著——有一條，竟鑽進我的心裡……

自那天起，即使我設想重逢時刻千遍萬遍，我們，終是不曾再見。

我貪婪地在回憶裡陶醉，那條毛毛蟲又開始蠕動了——我的心，酸癢、疼痛。這就是一見鍾情嗎？若鍾情，卻只能見上一面，算什麼呢？多情是苦，而這樣的鍾情，又怎會甜？

你，在哪？

顧母走進兒子房間時，顧家明正在鏡前打著領帶。

三

鏡前的兒子，身形矯健挺拔；鏡子裡，一張臉，年輕俊朗、輪廓分明。

家明從鏡中衝母親微笑——那陽光般的笑容還帶著幾分稚氣。

顧母看著這些，心裡除了滿滿的自豪和喜悅外還有幾分酸楚。從小到大，家明一直都是自己引以為傲的孩子。可是，畢業至今，身邊的同學、朋友都已陸續成家立室，只有家明仍形隻影單。

為什麼？她想不明白，兒子這樣優秀，家裡的條件也是不錯，按理說婚配這事絕不是問題才對……

家明身邊一直不乏異性，只是，那都是女孩子們的一廂情願。上學時，家明說要以學業為重；工作後，又說以工作為主。這些年來就這麼一直單著。

兒子總說，這事靠緣份，他自有分寸。

前段時間，她隱約覺著兒子似乎有喜歡的人了。有一次，她和兒子說起相親的事，他仍是避開話題。當時，她看到家明眼裡閃著光。顧母心裡很是歡喜，恨不得叫兒子立刻將未來的兒媳領到面前。

可試探數次，家明卻總閃爍其詞。再過些時日，顧母發現兒子像是失戀，好多時候一個人坐著發呆。叫上幾聲，他也不知回應。這樣魂不守舍的樣子，讓她很是心疼。

她不喜歡兒子患得患失的樣子，這樣不好。算一算也快二個月了吧，這才又再次提起相親的事。

女方是自己中學同學的外甥女。小時候倒是見過一二次，生得非常討喜，自己對她的印象還是不錯的。加之自己的這位同學正巧又和家明在同一家單位工作，這樣的知根知底，再好不過。

「家明，上次媽說的那件事……」

「嗯？」

「就是李阿姨外甥女那事。上次，你說你有事，她說她有事。李阿姨剛剛打電話來，說她外甥女答應了再見。」

家明不語。

「家明，去見見吧，啊？那姑娘真的不錯。」顧母有些著急。

家明手腳俐落地穿上鞋子，拎起背包，走過來在母親額頭吻了一下，「我去上班，其他事回頭再說吧。」

「噯！家明。」母親追上來，「喏，這是那女孩的名片。」見兒子沒有接過去的意思，顧母將名片直接塞進家明襯衫口袋，再用手拍了拍，「上點心。」

家明無奈苦笑。

「路上小心。」

「好。」

顧母看著兒子遠去的身影，內心滿是不安和期待。

上到地鐵，家明想起母親放在胸前口袋裡的名片。

放在這裡不好。他打算拿出來扔進包裡。他伸手拿出名片，無意中看到名片上的半身頭像——那個人，家明的目光定住——那人身著貼身白色襯衫、黑色西服外套，正面帶微笑望著自己……

她？！顧家明思緒飄飛。

顧家明並非不婚主義。而是，他一直在等待，等待有個人走進他的世界。至於是什麼樣的人，腦子裡也想過，但總是很模糊。直到那天……

那天，她站在人群中。眉如柳葉，雙目含煙，高挺的鼻樑下，一副微啟的紅唇——似乎正欲訴說些什麼。

以後的每一天，顧家明總是在同一時刻、同一地點，站在同一位置。甚至，他試過到她曾站立的地方守候。

可惜從此未再見，佳人難再得。

四

下班後，小許藉故陪我走到茶室門口，毫不掩飾地向裡張望。

「咳、咳！」

「哦，呵呵，紅雨姐，那，那我就先走了。加油！」臨走，還不忘做了個V字手勢。我斜了她一眼，一甩頭推門走進茶室。

一位年輕女侍應將我領到座位上。應約的人還沒到。

「請用茶。」侍應用託盤端來一杯茶。

「咦？」

見我詫異，她忙笑著解釋：「顧先生臨時有事，吩咐說萬一小姐來了，就讓我們先上這個。」

居然知道我喜歡喝香片，這人有點意思。我點點頭，謝過侍應。

茶室裡的人不多，稀稀落落，不像街角的星巴克在這個點已是人滿為患。一對比，我的心放鬆下來——既來之則安之。

我托腮看向窗外，耳邊忽然飄來：「走在風裡，初次相遇，你走向我，高高身影，穿著藍色的大衣，一瞬間仿佛感覺一陣雨，為何你是如此憂鬱……」

聽著酸澀的曲子，那日的情景不禁再度浮現，空氣中似乎也夾帶著當天雨水的味道。我聽到心底發出一聲無奈的歎息：為何，那個憂鬱的人是我。

你，到底在哪？

我低下頭，雙眼盯著面前那只透明的杯子——香片此時正在水裡翻騰、沉浮……

我沒有發現，此時，窗外某處，有個人正看著對著茶水發愣的我。他，眉毛漸舒，笑意漸濃。低下頭，再抬起，深深地看了我一眼，推開茶室的門，走進來。

歌聲繼續在空氣裡如雨般輕灑，他似乎也感受到這份濕，在幾步開外處停下腳步。

「……又遇見你，還是雨季，這樣天氣，像你的心。穿著藍色的大衣，好想走近你對你說一句，多希望你別再憂鬱……藍色大衣，就像一陣雨……我願為你，帶來夏季，脫去你藍色大衣……」註二十二

他再次起步，腳步輕快、堅定，再沒有絲毫猶疑。

我沒有察覺，一個身影正向我走來。

「嗨——」似是怕驚擾了我，這一聲，綿長、輕柔。

我，還沉醉在回憶裡未醒來，機械地抬起頭——那一刻，如夢如幻——

「你？！」

「我是顧家明……紅雨，你好。」

歌聲繼續「不相信這世間會有一見鍾情，卻為何初次見你，那麼不安的情緒，是否我已愛上你。藍色大衣，正向我走近，帶著些含羞表情還有笑意，就像初次，我見到你，那依然純稚的心……」

「顧——家——明——？」

註二十一：創作感言：這是半個真實的故事，情感表現卻是百分百。寫文時，我整個人沉溺其中——就像文中的香片一樣，被愛的潮水包圍，重新談了場青澀戀愛。這些文字能打動我自己，能不能打動你，我不得知。如果這個故事讓你有小小的觸動，有小小的欣悅，我就很滿足。

註二十二：文中歌詞節選自伊能靜所作歌曲《藍色大衣的男孩》。

後記

席輝

在我敲打這些字的同時，《忽然天亮》付印的日子在倒數了。——是不是太快？好像突然間就走到這裡，我是否已經準備好面對接下來即將發生的一切？可是，日子何曾給過我們明確的回答？亦或說，答案，從來是由我們心底自己生發出來的。不確定的時候，就只管斂息，閉上眼，隨心而動。

當你在看這些字的時候，你是順序而行，還是和我的閱讀習慣一樣——跳過中間內容……？呵呵。爾後，我會倒回去再由前開始，你呢？

生命的意義，就在體驗和創造。我將我的每一個寫作過程，都視作一場實驗、一次探險。

寫作時，我將學習和體驗得來的東西，創造性地運用到作品當中。如：超長、超短句的使用；改造詞語；以意識流推動故事情節的發展；詩和小說的結合；當某個標點符號的使用方法「眾說紛紜」時，我以最能表達我當下情感的方式來運用等等。這些方法並非我獨創，是一些前輩曾走過的路。我願意走在這條路上，同時，尋找屬於自己的小徑。

在大路和小徑交織、分離中，一些只屬於我的東西，形成了。

因為是實驗和嘗試，原本就不完美的它，很可能會存在更多缺憾。當我知道它即將「站在」公眾面前時，我既興奮又不安。這樣的《忽然天亮》會不會被更多人所接受？我無法想像和預期。我唯一能做的，就是和我的創作，繼續實踐，繼續尋找新的可能。

（有朋友讀後提出困惑，為何如此沉重，又如此輕盈？——幸與不幸，依然是沒有標準答案，只待自己發現。……我的眼前顯現六個字——越慈悲越輕盈。）

最後，我要將感謝的話送給成就《忽然天亮》的所有人。由於首次出版沒有經驗，只餘下幾日寫序時間。感謝包容我並在百忙中賜序的：胡燕青老師、秀實老師、徐振邦老師、紫砂妹妹和草川大哥。還有由於時間關係未能在序文裡出現的東瑞老師、瑞芬姐夫婦給予的鼓勵和支持，還有、還有每一位同行的前輩、文友。還有張晏瑞總編輯、又酷又盡責的責任編輯阿霈……還有讓我能夠在煩亂時「耍賴」的家人。當然，也要感謝現在正讀著這些文字，素未謀面的——你。

謝謝你們，但願這個初生兒，不辜負你們。

二〇二二年十一月二十三日　香港

文化生活叢書 · 詩文叢集 1301CD1

忽然天亮

作　　者　席　輝
責任編輯　陳思霈
實習編輯　尤汶萱、沈尚立、
　　　　　張嘉怡、徐宣瑄

發 行 人　林慶彰
總 經 理　梁錦興
總 編 輯　張晏瑞
編 輯 所　萬卷樓圖書（股）公司
臺北市羅斯福路二段 41 號 6 樓之 3
電話 (02)23216565
傳真 (02)23218698

發　　行　萬卷樓圖書（股）公司
臺北市羅斯福路二段 41 號 6 樓之 3
電話 (02)23216565
傳真 (02)23218698
電郵 SERVICE@WANJUAN.COM.TW
香港經銷
香港聯合書刊物流有限公司
電話 (852)21502100
傳真 (852)23560735

ISBN 978-986-478-822-4
2023 年 3 月初版
定價：新臺幣 500 元

本書為臺灣師範大學國文學系 2022 年度「出版實務產業實習」課程成果。部分編輯工作，由課程學生參與實習。

本書為真理大學台灣文學系 2022 年度「畢業展演：畢業專題製作」成果作品。相關編輯工作由學生陳思霈執行，指導老師：張晏瑞先生。

如何購買本書：

1. 劃撥購書，請透過以下帳號
   帳號：15624015
   戶名：萬卷樓圖書股份有限公司
2. 轉帳購書，請透過以下帳戶
   合作金庫銀行 古亭分行
   戶名：萬卷樓圖書股份有限公司
   帳號：0877717092596
3. 網路購書，請透過萬卷樓網站
   網址 WWW.WANJUAN.COM.TW

大量購書，請直接聯繫，將有專人為您服務。(02)23216565 分機 610

如有缺頁、破損或裝訂錯誤，請寄回更換

國家圖書館出版品預行編目資料

忽然天亮 / 席輝著.
-- 初版. -- 臺北市：萬卷樓圖書股份有限公司, 2023.03
面；　公分. -- (文化生活叢書. 詩文叢集；1301CD1)
ISBN 978-986-478-822-4(平裝)
857.63　　　112002991